香菸

回想那倉皇的少年時代，我無法說它是愉快美好的。「雖處處皆有燦爛的陽光灑落，」波特萊爾[1]如此吟詠，「然吾等青春一概是晦暗的狂嵐。」少年時代的回憶被悲劇化到不可思議的地步。為何成長與成長本身的回憶一定得是悲劇？至今，我仍無法理解。無人理解。老年的靜謐智慧，伴隨那秋末常有的乾燥明朗，落到我們頭上的那一天，或許我也會在某種偶然的契機下，終於恍然大悟。但即便領悟了，想必到那時也已毫無意義了吧。

每天都在未解決的事物中度過。就連那種無聊瑣事，在少年時代都難以忍受。少年的確已喪失幼年期的狡滑，並且為此不悅。他打算重新開始。但對於他的重新開始，世間是何等冷淡。沒有任何人在意他的揚帆出發，並總是以錯誤的方式對待他。有時被當成大人，有時也被當成小孩。那是因為他欠缺明確的特質嗎？不，想來在少年期擁有其他任何地方都難以尋求的明確特質，他絞盡腦汁想替那個命名。那是成長。他終於如此命名。成功命名後令他安心，令他深感驕傲。但，被命名的那一刻，剎那之間，那明確的特質，變成了與尚未命名時截然不同的東西。而且他連這點都沒發現。換言之，他長大成人了。——幼年珍藏著被牢牢封印的盒子。少年努力試圖打開它。蓋子被掀開了。裡面空無一物。這時他了解，「寶盒這種東西就是這樣永遠空空如也」。之後，他開始珍惜自己樹立的定理。換言之，他「成了大人」。但盒子真的空空如也嗎？該不會是在掀蓋的那一刻，讓某種看不見的重要事物溜走了吧？

我無法相信就這樣成為大人是一種完成或者畢業。少年期應該永遠持續，就像現在不也正在持續嗎？可我們為何能夠這樣輕蔑它？——成為少年，我首先就無法相信友情。所有的友人都是笨蛋這件事令我難以忍受。學校，這愚蠢的組織，我們被迫在那裡度過白天大部分的時間，被迫從學校分派的幾十名無聊的同班同學中選擇朋友。在這狹窄的圍牆內，擁有同樣智商的幾十個朋友，每年用同樣的筆記講課、在課本的某個部分年年講出同樣笑話的老師們。（我與B班的朋友合謀，測量某位化學老師是在上課開始幾分鐘後講出那個笑話。老師在我們班是上課二十五分鐘後講笑話。在B班也是十一點三十五分，亦即上課二十五分鐘後。）在這範圍內

1 波特萊爾（Charles Baudelaire，1821-1867），法國最知名的象徵主義詩人。

我究竟能學到什麼？而且大人還命令我們從這圍牆內只學習「好事」。我們勢必因此學會了模仿鍊金術師的世故狡滑。最巧妙的鍊金術師被稱為優等生。他從鉛中提煉出可疑的金屬，讓訂購者以為那就是金子，最後甚至連自己也深信自己真的提煉出了金子。優等生就是最熟練的鍊金術師。

我對所有的朋友都已厭倦。為了唱反調，我故意做出與他們相反的行為。一進入中學，人人都會開始熱衷運動，我卻無法不厭惡。——學長試圖以暴力讓我加入運動社團。我一邊偷看他們格外粗壯的手臂，一邊拼命撒謊。「我……那個……肺門生病了，還有……呃……我的心臟虛弱，因此常常昏倒。」「哼！」歪戴著制服帽、把上衣扣子解開一半的學長回答，「看你的臉色那麼蒼白，就算無法長壽，你也不在乎嗎？如果現在就死了，那你所有的樂趣都沒體驗到喔。所有的樂趣！」在我周圍一本正經的同班同學們一齊露出猥瑣的笑容。我沉默地再次眺望學長捲起袖子的粗壯手臂，然後對所謂的女人，懵懵懂懂地，產生非常醜惡的聯想。

我一邊反抗貴族學校這種不可思議的淫蕩氣氛——這是難以向人傳達的怪誕氛圍，同時卻又深愛那底層瀰漫的東西。我的朋友，多半是放在常人之間顯得異樣誇張與陰鬱，長相特別惹眼的人。他們幾乎從不看書，說到他們的無知，甚至看似高貴。他們似乎完全不會被悲劇打動。他們小小年紀就已擅於閃躲苦惱或激情這類劇幅波動的情感。即便被迫置身於苦惱中，他們的無為也會很快打敗苦惱，漠不關心地開始生活簡直太容易了。畢竟他們都是那些人的子孫——那些不是靠著威嚇與暴力，而是靠著具有強大麻痺力的無為，讓許多人服從的人。

我喜歡在學校周圍起起伏伏的遼闊森林中散步。校舍主要位於山丘頂上，山丘的斜面都是森林。森林中有許多危險易滑倒的羊腸小徑。沉鬱的沼地遍布森林中。那就像森林的汙水憧憬藍天故而聚集在此，又將回到黑暗地底的暫時歇腳處，滯重的灰色汙水看似毫無流動，同時卻又悄悄地輪迴。有時沼水這悄然的行為魅惑了我。我會在腐朽的沼畔樹根坐下，凝視落葉恍如做夢般徐徐漂蕩的水面。森林深處傳來高亢的伐木聲，這時秋日不安穩的天空，忽然讓我看見一抹湖水般的美麗晴空，從莊嚴發光的雲朵邊緣，灑落數道光芒，斧頭伐木的聲音聽來彷彿是那光芒的聲音。不透明的沼澤，唯有在光線照耀的部分得到了暈染金色的透明。當我看到一枚美麗的落葉在那透明之中閃閃發亮，宛如動作緩慢的沼澤生物，緩緩翻轉沉入水中時，我對那守望的剎那時光，萌生無來由的幸福感。那是我始終希望合為一體，卻不得不被許多事物妨礙的巨大靜謐，與彷彿自我前世流淌而來的懷念靜謐，終於合而為一的剎那。

之後，我沿著小徑，走向沼邊的森林深處宛若古墳的圓丘。樹木之間驀然響起竹葉互相摩擦的聲音。躺在林中小片草地的學生坐起來看著我。那兩人是我不認識的學長。顯然他們是背著老師來這裡偷抽學校禁止的香菸。其中一人冷然地看著我，立刻把原本藏在手心的香菸塞到嘴裡，另一人憤憤嘖了一聲，瞥向藏到背後的手。「怎麼了？火熄了？你真沒出息。」另一人壓根不把我放在眼裡似地發出豪邁笑聲嘲笑對方，但因為大聲笑著，他因此被不習慣的香菸嗆到了。被嘲笑的學長，在齊耳的高度把才剛吸得冒出一點紅光的菸蒂刻意捻熄，但他不意間抬起眼，看著我，「喂！」他說。我垂下眼，本來只要趕快走開就行了，我卻像兔子似地呆立原地。「你過來一下！」「啥？」我的回答太孩子氣令我面紅耳赤。我聽話地撥開竹葉站到他們身旁。「坐下。」「是。」然後他又叼起一支菸點燃，接著把菸盒遞給坐著的我。我吃驚地推回去。「你先抽抽看嘛。比點心的滋味更棒喔。」「可是……」他自己又點燃一支菸後硬把菸塞到我的手裡，「再不抽就要熄掉了。」他說。我吸了一口。近似剛才那個沼澤的氣味與焦香的燃燒氣味混合，令我在那一瞬間看到熊熊燃燒的熱帶樹幻影……我猛烈咳嗽。二個學長面面相覷後，快活地大笑。驀然滲出眼頭的淚水令我感到一如他們愉快笑聲的幸福。為什麼？我尷尬地笑起來仰身向後躺下，堅硬的草葉刺痛秋裝的背部。我高高舉起人生中的第一支香菸，眼睛半閉，對著煙霧飄向午後藍天的情景百看不厭。青煙異常優雅地冉冉升起。沉澱，若有似無地飄散迤邐。那宛如將醒之際的迷夢，正欲糾結纏繞又突然解開消散……

一個溫柔熱切的聲音在我耳邊響起，打破這被麻醉的時間。「你叫什麼名字？」給我香菸的人說。我懷疑自己的耳朵。那不正是我不知不覺等候已久的聲音嗎？「我姓長崎。」「一年級嗎？」「對。」「你是哪個社團的？」「我還沒加入社團……」「那你打算加入哪個社團？」我猶豫了。最後，我的冷淡打消了本想討好他的虛假回答。「文藝社——」「文藝社！」他近似悲痛的叫聲壓過我的回答。「你要加入那種社團嗎？真拿你沒辦法。那是癆病鬼才會去的社團。我看你還是算了吧，別去那種社團了。」但我只是曖昧地笑著，眺望他可笑的驚訝表情。那帶給我奮然起身的勇氣。我站起來看手錶，皺眉湊近眼，幾乎像是有近視地看著……「我還有事，得先走了。」這時從剛才就一直躺著的另一個人爬起來，「喂，你該不會是要去找老師打小報告吧？」「請放心。」我像公事公辦的護士小姐般回答。「我要去鋼筆店……那就再見了。」——我隱約聽見背後傳來「那小子居然生氣走掉了」的說話聲，一邊有點匆忙地走下圓丘。那是給我香菸的人明亮活潑又乾爽的聲音。不知為何，我忽然很想再次朝那年輕的聲音回頭。這時在前方的樹蔭有非常美麗的紅色，那吸引了我，令我連剛剛的希望都忘了。但我肯定是心不在焉地走路。驀然回神才發現我已走過那美麗的紅色。我轉身回顧。那是一棵年輕的櫻樹，連下方樹枝的葉子都完全變紅了。樹梢灑落的日光透過那紅色，更烘托出人工化的脆弱美感。在那周圍，秋天恣意的日光也悄然屏息，宛如透過剛磨好的玻璃觀看。

我轉過身，再次邁步走出……。

——回家之後，我開始飽受悔恨的折磨。或者該說是對罪惡的恐懼。總覺得自己的手指好像還拿著香菸而不禁慄然。但是坐在椅子上準備開始念書後，另一種不安又開始催促我。指尖的菸味就像《天方夜譚》中，被妻子切掉手指的男人所沾染的肉汁氣味，怎麼擦也擦不掉。今後我大概會為這氣味受盡折磨吧。即便纏繞綁帶戴上手套，自以為已經隱瞞妥當了，在電車上，自己周圍的人還是會立刻嗅到那氣味，以看待罪人的眼神上下打量我，於是我得知那種氣味已侵入全身，強烈得無法隱藏，發現這點時該有多麼痛苦啊！那天晚餐時，我無法正眼看父親的臉。「阿啟，小心你的湯灑出來。」每次用餐時，祖母的這種提醒也令我聽得膽戰心驚。據說在少女時代曾看穿僕人手腳不乾淨的祖母，肯定已知道我抽了菸。這個想法可怕得令我無法獨自承受，所以為了請求祖母不要告訴父親，我在用餐後前往祖母的房間。「咦？阿啟，難得看到你來我房間。」祖母不給我說話的機會，已忙著端出糕點名店森八的點心替我倒茶。最後甚至開始教我能劇[2]《橋弁慶》的那段「夕暮波濤之景如夜嵐」。祖母的反應倒教我越來越懷疑。

翌日，到了學校後，我彷彿是用迥異於過去的眼光看著一切。這是什麼帶來的

2 能劇，日本的古典歌舞劇，以面具與華麗的戲服表現內在式、象徵式的演技。

變化呢？我能想到的只有那一支香菸。我發現自己平日對那些加入學長大聊女人的運動家同學所抱持的輕蔑，只不過是不甘認輸。因為，對他們的漠不關心，似乎漸漸轉為對抗意識。如果他們說：「搞什麼，長崎好像會寫很了不起的歌詞（他們不知詩這個名詞，所以無論是詩句或俳句，一律稱為歌詞），但你抽過菸嗎？」我大概不會再像過去那樣尷尬地沉默，這次我會告訴他們：「區區香菸我當然抽過。」——但即便如此，昨晚那可怕的犯罪意識，和這種爭強好勝並不衝突，反而好像越來越支撐那個念頭，而且強化了它，這是怎麼回事呢？我不自覺地快活起來。去理科教室占位子（並不是要占最前排的位子，而是最後一排的位子）時也是，平時總是落在後面慢慢過去再找空位子坐的我，今天一看到T在朝會結束後率先奔出時，我就比任何人都快速地拔腳追上去。向來坐在第二理想位子（打瞌睡也不會被發現的位子）的K，看到已經坐在那個位子的我，「咦，長崎你好過分——那個位子是頭獎位子耶，看來你今天已經好好用功過了，啐！認真的傢伙就是不一樣。」他很不甘心，而且還被大家起鬨喊出學長給他取的綽號：「你倒是說句話呀，防毒面具！」K當下大怒，坐到最前排與老師面對面的位子。那堂課K被老師罵得很慘，大家高興極了。

午休時間我也試著參與從未玩過的籃球。但我的技術太差，立刻被貶為板凳球員。我感到自己在刻意迎合大家的友情。我離開打籃球的那些人，再次走向校舍後方的花壇。大多數的花朵已謝，剩下的只有數量驚人的菊花。菊葉也開始透出明顯的微黃，唯有花朵彷彿人造花般鮮活綻放。盯著那精緻得超乎必要的一朵花看久了，帶有纖細縱向條紋的黃色細長花瓣整體看起來似乎格外碩大，彷彿眼前矗立巨大的菊花。四周有白日的蟲子以萎頓的聲音低鳴。低頭太久，起身時有點暈眩。並且對如此專注看菊花的自己感到可恥。即便是我最愛的林中散步時刻，也很少被一樣東西如此吸引過，尤其是凝視那朵菊花時的心情，迥異於眺望其他壯觀景色時，顯然令我感到有點羞慚。當我略帶匆促地折返校舍時，自稀疏的雜樹林之間，又看到那靜謐秋光閃爍的沼澤出現在遙遠的下方。我想起斧頭的伐木聲——那自雲層閃亮的邊緣射出的光箭。同時，我也想起了那個人明亮活潑又乾爽的聲音。這時，一種非常強烈、卻沉靜得幾乎令人無法動彈的感動重重壓在我的心上。我不知道它是不是那個明亮的聲音造成的。那和我之前在沼畔仰望雲間透出的日光後，所獲得與前世流淌而來的懷念靜謐合而為一的感覺相似得難以區別。

但我終究一天比一天遠離了不熟悉的厚顏無恥與悔恨恐懼。唯一無法忘懷的只有菸味。原以為已習慣的氣味反而比之前更鮮明地折磨我，當父親在我身旁抽香菸，我因此產生某種快感的同時，也有可怕的作嘔感。我覺得自己似乎以相當快的速度，從對靜謐凝定之物的喜愛，倒向過去一向輕蔑的喧鬧閃亮事物。

某晚，我與祖母、父母一同自街上熱鬧的餐廳歸來，為了行走不便的祖母，特地讓車子稍微繞路，以便她從車上觀賞晚秋明亮的街景。祖母與父母坐在後座，我坐在副駕駛座眺望窗外，早已見慣的夜街，在今晚卻前所未有地美麗。豔麗顫抖的各種紅色霓虹燈號，過度明亮毫無趣味的窗子，那每一樣東西都不美，但集合在一起得到不可思議的勻整後，它們就彷彿是不會消失，驀然懸掛在黑暗的夜空，永遠是微妙顫抖的大型夢幻煙火。我想起在學校學到的「幻巷」這個名詞。那只不過是幻影。在當地居民也不知不覺的情況下，街景想必會不斷變換成別的吧？現在的街道不是明日的街道。明日的街道不是後天的街道。……這時我發現形如汽船的優美建築。它沒有其他建築那種璀璨的照明，雪白的建築兀自浮現在朦朧的暗青色照明中。當我看到它時，寧靜的影子升起，宛如浮現水面，那座建築款款搖曳。我吃驚地把眼睛貼近車窗玻璃。「阿啟特別喜歡銀座呢。」一直沉默的母親突然高聲大笑。「太喜歡繁華的銀座也很傷腦筋喔。」祖母好像也笑著講出那種話。父親叼著香菸，似乎在呵呵笑。我沒有回話，只是有點僵硬，賭氣地更加目不轉睛自車窗瞪視連綿燈火。這時，車子大幅右轉。眼前是意外黑暗的街區。離別的悲愁，令我朝黑暗的屋頂彼方拋去乞求的眼神。高大的建築頂端宛如皇冠的照明依然在目，等它像消失的月亮般自屋頂彼方隱沒後，只見被朝霞般色彩氤氳渲染的天空久久仍在。

冬天即將來臨。某日，放學後，我為了寫國文科的自由研究作業，想查點資料，於是向文藝社社長借了鑰匙，走進任由塵埃累積的社團教室。那裡的書架上有精細的文學大辭典，當我把那本沉重的書放在膝頭閱讀後，實在懶得再放回架上，索性連不需要的部分都一一閱讀完畢。驀然回神時，易暗的日光已如水光褪去。我匆忙把書放回原位走出社團教室。這時伴隨喧嚷的笑聲與腳步聲，一群人來勢洶洶地彎過走廊。由於逆著光以致於我看不清他們的面孔，但那顯然是橄欖球隊的學長。我向他們敬禮。其中一人如撞擊般用力拍打我的肩膀，「這不是長崎嗎！」他說。分明是那個年輕活潑乾爽的聲音！我感動得泫然欲泣，抬起頭仰視他。「對，我就是。」——於是，「噢！這是你的孌童嗎？」「不錯，不錯。」「伊村，這是第幾個了？」大家七嘴八舌起鬨。而那個伊村在大家的起鬨下，故意像要摟著我的肩膀說：「長崎，跟我一起去社團教室。」硬把我拉往橄欖球隊的方向。學長們越發大呼小叫，推著我與伊村去社團教室。社團教室凌亂得無處落腳。首先就有一股強烈的、堪稱性感的複雜氣味撲鼻而來。那和柔道社的氣味不同，是更憂鬱的氣息，是堪稱惆悵的氣息，是非常熾烈且有點縹緲不定的氣息——那和抽菸後一直折磨我的，那股不是香菸本來的氣味毋寧是假想的氣味一模一樣。我被命令坐在快壞掉的桌子旁邊一張快壞掉的椅子上。伊村在我旁邊坐下。他的椅子看起來遠比我的結實，但只要他每次稍微一動，椅子就會發出響亮的吱呀聲。聽著那個聲音，好像連我這邊都能感受到那股重量感。天氣雖已變冷了，但伊村依然穿著露膝的球衣，臉上與胸口仍有未消失的汗水在發光。大家拿我與伊村當話題調侃了一會。伊村只是一邊抽菸一邊津津有味地聽大家揶揄，他的態度甚至令人懷疑我已經不在場。在抽菸的人另外還有一個。我不時瞥向伊村粗壯的手臂，努力在大家面前做出稚氣的舉動。我以自己也沒料到的高亢聲音大笑把自己都嚇了一跳。

大家調侃完後，伊村以那乾爽的嗓音開始舉出今天練習應該注意的事項。大家又恢復少年應有的認真表情。我閉眼聆聽伊村的聲音。當我再度睜眼看著在那粗大指尖間漸漸變短的香菸。我忽然感到喘不過氣。

「伊村學長。」我這麼一喊，大家頓時都轉頭看著我。我竭盡全力。「請給我一支香菸。」——學長們轟然大笑。他們之中大多數的人都還不會抽菸。「厲害，厲害。」「這小子很猛喔。不愧是伊村的孌童。」伊村勾勒出流線的濃眉這時似乎有點扭曲。不過他快活地從菸盒抽出一支香菸後，「你真的敢抽嗎？」他說著交給我。明確說出那個要求很困難，但我現在期望伊村的是另一個截然不同的答案，我想必把一切都賭在那唯一的正確答案了。我的異樣決心，以及促成那個決心的異樣窒息感，想必都是在那個期待下才會產生。但更重大的意義，或許存在於只有那個答案才擁有、甚至連我今後的生存方式都想迅速決定的費解焦躁中吧。我已無力再回顧那麼多。一如無法以言語溝通，於是只能定定凝視主人的眼睛以傾訴自己最大悲哀的羔羊，我茫然地望著伊村。——我對一切都感到厭煩了。

然而，事到如今我不能不抽菸。我果真不斷嗆到。我眨著含淚的雙眼，硬是頂著湧現的嘔吐感繼續抽菸。我可以感到後腦勺好似被冰冷的東西勒緊，淚眼朦朧所見的室內異樣閃亮，群起哄笑的學長們的臉孔彷彿哥雅[3]筆下的怪誕版畫人物。他們的笑容不復剛才那般開朗。當笑聲的漣漪平息後，沉澱的痛楚清晰表露在那底層，彷彿在威脅他們。宛如在冬夜所有的水面都鋪滿脆弱的薄冰時，在我的周遭，可以感到人們逐漸恢復自我，試圖用另一種眼神觀察我的動靜。我的身後有人低聲說：「算了啦，算了啦。」我頭一次自淚水中凝視身旁的伊村。

伊村故意不看我。他以不穩定的姿勢支肘倚桌，淺坐在椅子上。他勉強露出淺笑，定定看著桌子的某一部分。當那身影映入眼簾，我感到痛楚的喜悅湧現全身。他受傷了。我的喜悅就是因此而來嗎？抑或，是對這樣被悲劇性、悖論性地實現，並且在實現的剎那化為虛空的奇妙共鳴產生的喜悅？

伊村忽然扭頭。他像凍結般微笑。他的微笑流露出一種想讓那個動作盡量表現得不刻意的執意，他以迅雷不及掩耳的速度自我指間奪去沒抽完的香菸。「算了，算了，你別逞強了。」——他用強壯的手指把香菸按在留有刀子凹凸刻痕的桌邊，同時說：「天色要暗了。你不趕快回家沒關係嗎？」

——大家看著起身的我，「你可以一個人回去嗎？喂，伊村，你送送人家嘛。」他們說，但那顯然只是對伊村的應酬話。我胡亂朝另一個方向行禮走出社團教室。獨自走在亮起昏暗電燈的走廊，這段回家的路，彷彿是第一次踏上的漫長旅途。

那晚躺在失眠的床上，我思考了這個年齡能夠思考的一切。自傲的我到哪去了？過去的我不是頑固地希望保持自我嗎？但現在的我是否開始熱切期望成為自己以外的人物？以前隱約覺得醜陋的事物，好像忽然搖身變得美麗了。我從未如此咒恨自己是個孩子。

——那個深夜，我記得遠處失火了。在我輾轉難眠之際，消防隊用的蒸氣幫浦聲聽來很近，因此我自床上爬起來跑到窗口推開防盜窗。然而火災在城市的遙遠彼

3 哥雅（Francisco de Goya，1746-1828），近代繪畫創始者之一，西班牙畫壇巨匠。

方。蒸氣幫浦的鐘聲聽來依舊很急促，但火星優雅飛舞的遠方火災看起來有一種奇妙的寧靜。火燄逐漸相依相偎越變越大。看著那個，我忽然被喚起睡意，我隨手關上防盜窗，回到被窩倒頭陷入沉睡……

然而，這段記憶非常不確定，所以說不定它只是那晚在我夢中出現的火災情景。

昭和二十一年六月《人間》

春子

梅麗塔　這是玫瑰吧

莎芙　那朵花想必在妳的雙唇燃燒

——格里帕策[1]《莎芙》[2]

I

佐佐木春子這個名字可有人記得？想必覺得好像在哪兒聽過這個名字吧？雖然無法明確想起，但肯定會覺得它彷彿散場關閉的劇場前那種喧鬧，有一種夾雜華麗與可悲的印象。是的，它給大家的印象就是上一個時代的女性名字。

那起事件發生時，我大約是九歲或十歲。當時家人把報紙藏起來不給我看，所以我只是隱約記得那是早已下落不明的年輕姨媽的名字。但四、五年後我在某個機會下得知事件的經過，對我的少年時代而言，從此春子這個名字就成了一種象徵，比方說它就像以前在理科教室看過的洋文書圖片，雖然總會記起卻又忘記，猶如惱人的飛蛾始終在記憶縈繞不去的一種華麗花卉名稱。那個名字漸漸在我的體內凝結。如同金屬雕刻的玫瑰，深深鐫刻進金屬中，之後只等著色。

而且那個名字似有主動與我的一切可恥記憶連結的傾向。包括瘋狂的好奇心，

1 法蘭茲・格里帕策（Franz Seraphicus Grillparzer，1791-1872），奧地利劇作家、詩人。

2《莎芙》（*Sappho*）是描寫古希臘女詩人莎芙與愛人菲昂、女奴隸梅麗塔這二女一男的糾葛戀情。

以及我對情欲莫名的尊敬之念。就這樣，對我而言，那個名字成了某種禁忌或是咒語。

春子事件，其實只不過是當時常見的私奔事件。在仁丹與化妝品廣告占據一頁版面的那個年代，報紙上想必出現了「伯爵千金偕家中司機私奔」這個大標題，以及她被放大的畢業照。我雖未看過那份報紙，不過照片裡的文靜少女當然是早在事件發生的二年前就已被拍攝好了。但照片中的少女不知何故皺著眉頭，看起來很不高興。說不定只是覺得校園草皮的反射光線太刺眼。畢業照片雖被意外運用在私奔報導上，卻只讓我感到奇妙的意外契合。就在畢業典禮的那晚，一同舉杯慶祝的老司機腦溢血死亡。他雖沒有財產但每年正月都會修改遺書，他最信賴的年輕學徒據此被推薦給主家。雖說年輕人有點粗魯，至少總勝過開車時腦溢血發作的老司機，因此年輕人便正式升格成為佐佐木家的司機。

春子算是我母親的妹妹，但她倆是所謂的同父異母姐妹，現在的外婆——春子的母親——是外公的填房。外婆雖是出自花柳界，但彷彿隨著歲月更迭，洗淨鉛華浮現美麗的原始紋理，個性非常瀟灑。

春子兒時像桃太郎一樣胖，因此被暱稱為桃桃。長成少女後，那些贅肉變得結實，身形雖瘦卻出落得凹凸有致，擁有了頗有討喜分量感的體型。她受到人人喜愛，和男性友人的關係也很好，和姐妹淘更是要好。她簡直和誰都處得來，甚至令人覺得只要來到她的面前任誰都無法不愛她。而她似乎也不認為有人不愛她。

但春子打從就讀女校時，就不可思議地討厭市井男子。比方說園丁、商人或街頭隨處可見的無賴與工人。但不只是那種人。當朋友炫耀自家年輕的家庭教師時，她也會蹙眉。與朋友走在街上，若有看似店員的年輕人騎車經過因回頭看她，而導致腳踏車歪歪斜斜，她的臉上甚至會露出近似痛苦的輕蔑表情。大家因此以為她喜歡的是同樣階級的輕浮貴公子。古怪的是，她與那種貴公子也只有泛泛之交，據說甚至不肯與對方接吻。

那樣的春子卻突然與家中司機私奔了。她的同學們亢奮地又哭又笑，連著兩三天都像自己私奔般激動不安。現已成為她丈夫的年輕司機，那閃爍黑光的帽簷映現藍天，帽簷下露出白牙的笑容肯定很迷人——聽到某位同學這麼說時，有人想起春子當時不自覺撇嘴，臭著臉並未接腔。

——那種事無關緊要，總之她與司機同居了。同住的只有司機年僅八歲的么妹。春子雖與整個家族斷絕來往，不過據說外公一直在偷偷拿錢貼補她。

本來我夢想的就不是這種宛如歌舞劇的事件本身。而是之後的她，以及她那漫長的神祕生活。每當我對自己平板單調的生活感到痛苦時，總會夢想阿姨那脫序、卻像女特技演員般寂寞又危險的生涯。

「成了報紙話題的女人」會落到什麼樣的下場呢？她終將被人遺忘。於是自己好像也會被過去的自己遺忘。因為，當時的自己與人們的記憶一同逐漸淡去，現在的自己卻至今仍被報紙報導的記憶執拗地追逐，當自己出現在別人面前時，人們想到的不是現在的春子而是過去的春子。而且現在的她明明正凝視過去的她，過去的她卻已不肯再看現在的自己。

一度針對她竊竊私語的無數張嘴巴，朝她傾聽的無數耳朵，貪婪地盯著她的照片的無數眼睛，不可能不對春子的生涯投以某種暗示。她只能按照他們的期望生活，或者令他們失望地生活。她自己的生存方式已經消失了。

——但她難道不能有另一種生存方式嗎？不是如同預期，也不是意料之外的生存方式。是另一種量身訂做的、激烈的生存方式。說穿了我就是在她身上夢想、憧憬著那種東西。

然而一切都是徒勞。我漸漸發現自己幻想中的春子，已非頂著阿姨之名的春子。春子回來了。丈夫戰死後，春子帶著他的妹妹回到外公家。

據說佐佐木家的外公從以前就性情偏激，他討厭電話以至於現在仍堅持不肯裝設電話。在他半身不遂的那幾年，養成了每天早上起床後就開始提出種種任性要求的習慣。十年前退休的僕人又被他叫回來，還逼著大家耗費三天時間替他從倉庫找出一九〇二年在柏林買的大菸斗，與十五年前絕交的朋友握手言和後便毫不留戀地把烏拉曼克[3]的畫作送給對方，在糧食管制下命人找遍除了配給站別無其他的整個東京，只因為他突然說要吃星鰻……簡直像中邪一樣。某個早晨，他下達指令，叫人把春子找回來。除了我家，大部分的親戚都反對，但外公這人向來就是親戚越反

3 烏拉曼克（Maurice de Vlaminck，1876-1958），法國畫家，野獸派代表之一。

對他越高興，根本拿他沒辦法。住在九州的大舅舅不知從哪輾轉聽說後，發電報來：「春子之事絕對反對。」外公欣然將這封電報塞到枕頭下，每次一有人來，他就拿給對方看。這下子他倒是笑嘻嘻，外婆笑著說，「唯獨這時候，老頭子看起來像個好好先生，真奇怪。」

昭和十九年的初夏，為了見春子，除了定居大阪的父親，母親與我和弟弟都來到佐佐木家。外公在戰爭開始不久便已遷居郊外。——前一晚，我幾乎徹夜難眠。說來不可思議，雖然早已習慣幻想春子，但這晚春子的身影並未浮現，我想起的全是關於殘酷的外曾祖母把外曾祖父寵愛的小妾整得遍體鱗傷、半死不活的傳聞，以及流傳在佐佐木舊家那顆在地震時被焚毀的「處死石」怪談。據說做出不義之行的年輕武士遭到處死，他的鮮血噴濺到院子的石頭上，從此那塊古怪的大石頭夜夜發出啜泣……。

春子就站在門前。她戴著皮手套的右手，牽著據說是德國名犬生下的狼犬夏克。——身上是寬大的灰色女用長褲，華麗的格子外套，佩戴將木頭塗白串成珠子刻意營造粗獷感的首飾。狼犬烏黑的皮毛與外套華麗的蘇格蘭格紋形成時髦的對照。就她三十歲的年紀而言看起來非常年輕。而且僅此而已。

「哎呀，妳來了。」——春子對我母親說。二人都毫無感動。

「我是想帶我兒子來給妳看看。」

「孩子們真的長大了呢。小宏已經從學習院大學畢業了？」

我為了掩飾失望，只好故作羞澀。

「沒有，後年才畢業。」

「他看著我好像在看陌生人呢。再用那種眼神看我，小心我待會教訓你喔。……那，姐姐先進去屋裡等吧。我帶這隻笨狗去散步一下。」

夏克急忙邁步。繃直的狗鍊與皮手套發出摩擦聲。不知何故，我忽然覺得是自己的心臟摩擦作響。春子沒有說「啊」也沒有說「咦」，就這麼被狗拽著邁步走去，在道路轉角扭頭朝我們一笑。那不是親密的笑法。是以乾枯的美麗，做出無光澤的無力笑法。

「她為何對睽違十年的我與阿晃那麼漠不關心呢？」

「就算是妹妹，女人果然是怪物。」——母親沒回答我的問題，一邊在口中喃喃嘟囔那種失禮的話一邊穿過大門。

一切都是失望。

企圖把一椿家庭事件趁著戰爭的混亂而大事化小、小事化無的外婆與母親，故作若無其事的表情倒是無所謂。但我想像中的春子不該是這樣。她必須是「事件」。（或許，我也在不知不覺中效法了那則報導的讀者看法？）她應該是醜聞，是災難，是嚇唬我卻又蠱惑我的嶄新生存方式才對。據說春子絕口不提亡夫的這個傳聞，也是令我失望的原因之一。阿姨被周遭假裝平靜無波的樣子影響，彷彿要說「若要比賽誰更平靜我絕對不會輸」的態度，距離我夢想中那種敏感脆弱容易受傷的生存方式實在太遙遠了。

母親不願邀請春子去我家，而且那個夏天我不時會和朋友出去旅行，因此始終與春子沒有什麼太多的牽扯。

老實說，雖對春子失望，但整個夏天我一直在想的，是第一次見到春子那天認識的春子的小姑路子。為了逃避政府的強制動員[4]，在春子的拜託下，路子在名義上設籍我父親的公司，雖然並非因為她是司機的妹妹，但母親的確像對待女傭般對待這個少女。當我親眼目睹後，對母親萌生的強烈憎恨令我暗自一驚。

路子雖然衣著乾淨簡潔，卻還是顯得有點粗野，那反而令她顯得清新純真。她有安靜的眉毛，笑聲帶著安靜的喧嘩。後來，路子被交給住在另一棟房子且沒有小孩的管家夫妻照顧，據說將來會收養她當養女。

不知何故我就是無法忘懷。我看出她的五官雖然稚氣卻有成熟的肉體。無論是遣詞用字或態度都有點口齒不清令人急得牙癢癢的，基本上她很沉默，可這種齒癢的感覺反而帶有挑逗的效果。

雖然認識了，但也不是每次去外公家都能見到她，再加上她很沉默，因此我倆並無單獨說話的機會，就這樣直到夏日將盡。

某晚「她生病了」的念頭將我驚醒。我分不清是在做夢還是醒來後想到的。

4 日本在二次大戰末期（一九四三年）以後由於嚴重欠缺勞動力，強制動員中等學校以上的學生義務生產軍用品或糧食。

我覺得很荒謬，翌日也沒有去外公家一探究竟。不料，那天沒有去查證惡夢的後果竟以各種失誤的形式出現在我身上。不是打破飯碗，就是要搭乘山手線卻誤搭京濱線，再不然就是把東西忘在朋友家，弄丟錢包，不停削鉛筆直到筆芯折斷。最後我終於妥協前去拜訪路子，但她不知我私下的憂心正忙著勤快工作，只對我客套行禮。我面帶怒色實則滿心幸福地回到家。驀然照鏡子，我發現一張顯然墜入情網的傻呼呼面孔。

II

之後膽小的母親留下必須在暑期去學校工廠義務工作的我，才剛入秋，便與弟弟一同疏散到Y縣深山的熟人家躲避空襲。就在他們即將帶著大批行李出發的前一週，母親與弟弟啟程先去那兒過夜做事前勘查。

……夏天結束了。但日光比夏天安穩的幾日更熾烈。在我沒注意之際，看到燕子盤旋飛翔的機會已逐漸減少。

我在放學途中，自等候省線電車的月台，看到肯定是今年最後的二隻燕子。牠們似乎是在鐵軌旁路邊的石屋簷下築巢。二隻燕子不時活潑地錯身交會，像馬戲團表演般描繪出危險又明快的軌跡。倏然展翅又縮起翅膀不停飛來飛去的牠們，似乎對天空與地面都毫不執著。燕子單純明朗的靈魂彷彿在我的心頭直接留下清晰的影子。

這年我十九歲。她應該才十八歲吧。如果考慮到年紀，我總是像被誰撞見做壞事般不自在地紅著臉。頂著這樣難堪的年齡走在路上，簡直像在屁股綁著掃把被迫走上街頭一般可悲。我在等待什麼，自己早已相當明確地察覺。但是若要教我扮演賦予我自身的嚮導角色，同年的我畢竟還沒有那個自信。我像追逐自己尾巴的貓咪只是不停原地兜圈子。

但燕子似乎帶給我某種輕快的教訓。如果我有一雙長睫毛少女的眼睛，但願我能夠再一次守望燕子的去向。因為燕子只不過稍微向我展露了一半的教訓。

家中來了稀客。是春子阿姨。不巧今日家中無人，她正在等候我的歸來。——但我並未在女僕指稱的地方看到阿姨的身影。簷廊在戶外光線的反射下變得明亮，籐椅上扔著帶有纖細影子尚未完成的青色編織品。

明天就要搬去疏散地點的行李，堆滿了每個房間。那些行李晦暗堆積的彼方可以看見偏屋明亮的凸窗。聽來陌生的女人笑聲自那邊傳來。好像也夾雜著男人的聲音。

我不禁朝著通往偏屋的走廊邁步，但是一手拿菸倚靠凸窗、身穿寬大長褲的女人敏銳地立刻轉頭看我，於是我停下腳步。雖有戶外綠意的反射，但女人濃妝豔抹的臉孔鮮麗得發亮，甚至令那個青色看起來像是厚厚糊了一層在臉上。在我察覺那是春子阿姨之前，不知怎地，我在第一時間聯想到的是朋友在今天工作休息時間的那句奇異發言：「據說船員的妻子總是濃妝豔抹呢。」聽到那句話時，我的腦海浮現魚油般鹹腥淫蕩的想像。——我彷彿初次見到般，心慌意亂瞇起眼仔細眺望春子的臉孔。然後我讓自己平靜下來。

「哎呀，你回來了。」春子的說話方式好像總是心不在焉。

我決心不把這個濃妝豔抹的女人視為春子，我要把她只當成「姨媽」看待。這樣就不怕她看穿我的幼稚了。因為「姨媽」這種人，總是能夠完美地以我的實際年齡看待我。

母親與弟弟先去疏散地點勘查，今天傍晚應該就會平安歸來——在我嘮嘮叨叨如此敘述之際，阿姨在凸窗坐下，說起不相干的話題：「好大的防空洞。」

「對，另外還有可以讓人進入的防空洞。據說那個是緊要關頭塞行李的防空洞。也不知那種玩意是否真有效果。」

在明亮的戶外光線中，我認出朝我行禮的是父親公司的東京分公司的二名工友。他們的工作，是要挖開那座面對偏屋被營造成茶室庭園風格的荒廢小院子，並建造方形的簡陋大防空洞，但懶惰成性的工友們搬一塊踏腳石就要休息一個小時，最後說聲開始飄雨了就打道回府。

我從以前就不喜歡的，是那個身材較高，只穿了一件汗衫，渾身散發優越感，明明才十九歲卻異樣世故圓滑的工友。自從發現他私下對女僕說我是不解世事的初哥後，我就非常討厭他。因為在我這個年紀，被人用「初哥」形容是最可怕的侮辱。所以當那個男人走近凸窗的窗櫺，正眼也不瞧我一眼，自來熟地對阿姨喊道：「太太，我已經挖五十公分了，請再給我一支香菸。」聽到這，我幾乎喘不過氣。但我更驚訝的是阿姨的反應，春子在凸窗上屈膝，一手抓著窗櫺說，

「別鬧了好嗎？菸可以給你，不過這次你就湊和著抽我抽過的吧。和之前一樣，要用嘴巴接喔。」

「啊，太太真過分，居然叫我用嘴接點燃的菸……」

工友說著，某種奇特的情欲令他那壯碩結實的胴體開始顫抖，他等待點燃的香菸，露出像狗一樣專心的表情。那一瞬間，我覺得自己看到某種眩目的事物。雖然一邊這麼想一邊出於奇妙的厭惡感撇開眼，但當肆無忌憚的春子說，「來，記住了？不能鬧了喔」時，那令人想到梔子花香的黏稠聲調，縱使我捂住耳朵也無法逃開。

——我逃進自己的房間，思考了三十分鐘左右再下樓來時，而春子彷彿之前就一直這麼做似地，在簷廊的籐椅上懶洋洋地把玩著編織物。我之所以思考了三十分鐘，說穿了只不過是為了再次下樓見阿姨，不得不替自己想出一個藉口罷了。我的年紀基本上就是這樣，彷彿始終被自省追逐，其實凝視自我就像凝視女人的臉孔一樣有種生理上的恐懼。在自己的內心發現「正在自省的自己」的背影後，我終於可以安心地開始煩惱。那不容分說徐徐勒緊我的，是一種宜人的痛苦。我再次探索阿姨看似漫不經心的言行舉止背後的某種東西。我忽然覺得找到了。這時那個變成了——比方說剛剛見到的情景，自我身上誘引出某種醜陋的共鳴。是的，說不定如同當時那起事件令春子的同學們亢奮的原因，我或許也以春子之名，夢想著某種所謂「純粹的粗野」，夢想著宛如午後原野上奔馳的野獸，那熾熱舌頭的喘息一般的未知熱情。

這個想法，驀然令我以與生俱來的譴責眼神偷窺阿姨，一如自己的年齡被看穿時的眼神。同時，我也異樣生動地回想起當時春子說的那句「再用那種眼神看我小心我教訓你」。

「據說戰爭在今年秋天就會結束。也有朋友說小磯[5]是和平內閣。不管是要投降還是要幹嘛，總之越快越好。」

「噢？你討厭戰爭？」

我以為阿姨會接著提到戰死的丈夫。我感到自己的眼睛開始發亮。但這種幻想

5 指小磯國昭，一九四四至一九四五年擔任內閣總理大臣。

的期待令我不由心虛，不知怎地我忽然害怕春子提到丈夫，我有點忐忑不安地急忙如此回答：

「是的，我們大家都已自暴自棄。」其實我根本沒有自暴自棄。只是在春子的面前，我忽然有股甜蜜的衝動，想要找出自己的墮落向她誇耀一番。

在這樣交談的過程中我一次也沒向阿姨問起路子。我認為問起她是不潔的。不知何故阿姨也同樣對路子隻字未提。

在我內心，另一個我正調侃自己：「絕口不提路子的名字正是你愛上她的證據。」但我一如害怕拙劣的詩作遭到惡評因此不敢示人的少年，比起被路子自己發現，我毋寧更害怕被其他所有的人發現自己的暗戀。這種虛榮心，煽動了「光是說出路子的名字或許就會被旁人感知」的迷信。我並不知道刻意不提路子反而更容易令人起疑心。

院子逐漸沉入暮色，母親與弟弟尚未歸來。女僕前來通知已燒好洗澡水。春子在我的勸說下便先去洗澡了。

這時我突然開始在意浴室那個方向，不知該如何是好。我甚至頻頻意識到玻璃窗上有蒸氣凝結成露水的玻璃窗那種潮濕的重量。浴室地板鋪的木頭還是乾的，女人的腳底想必可以從檜木光滑的觸感感受到今天的秋意。在浴室昏暗的燈下，女人的身體，彷彿充滿悲哀與憂愁，充滿暗影地佇立。掀起浴缸蓋子的聲音，開始放熱水的聲音傳來。她是跪著自肩膀澆淋熱水，因此晦暗的閃光將會不斷自她的肩頭與乳房之間滴落，流向影子最濃密之處……

耳邊蚊子的嗡嗡叫令我回神。我坐的籐椅扶手，好像在微微震動。定睛一看，原來是停了一隻白色翅膀綴有綠色與朱紅斑點的巨大飛蛾。我覺得牠散發出腐敗花朵的病態氣息。為了趕走牠，我朝阿姨留下的閃爍晶亮銀光的毛線棒針伸手，但飛蛾立刻慌張拍翅撞上我的臉飛走了。我的手中只剩下尖銳的銀色棒針。

看著美麗的女人打毛線，看著巧妙織成的美麗編織品，總是會嘗到奇妙的感覺。彷彿間接受到朦朧曖昧的細心愛撫。

我的手心爽快記住了棒針的冰冷。然後才發現自己剛才拿著那溫柔的凶器，其實隱藏的企圖是想拿來刺穿飛蛾的胴體。

「你媽還沒有回來嗎?」

拐過走廊轉角走來一邊喊我的，是阿姨剛泡過澡猶帶水潤的聲音。我慌忙將毛線棒針放到桌上，朝她轉身。大概是直接穿女傭準備的衣物，只見春子身上穿的是我母親的浴衣。看到之後我頓時悚然一驚。現在明明已經不是穿涼爽浴衣的季節，若是當成睡衣穿，這表示今晚她大概要留下過夜，但我悚然的當然不是因為那個念頭。純粹只是因為她穿著母親的浴衣，令我嚇得渾身顫抖。說穿了那或許堪稱道德感的作嘔，是孩童會在夢中感受到的那種束手無策的認真痛苦。

可春子毫不知情，渾身散發猶如花季的樹木被午後陽光蒸曬的那種剛洗過澡的氣息，在之前那張椅子坐下後，她用蚊香罐的火口引燃香菸，眼中搖曳的小小火燄令長長的睫毛看起來極美。我目不轉睛地凝視那一幕。——籠罩周圍的深邃黑暗，一點一點地喚回我剛才那種甜美的幸福感。突然間，很想發笑的安心感驟然降臨。

那種安心，說來可笑，也是拜幾十秒前還帶給我如此劇烈痛苦的同一件浴衣所賜。這次浴衣將我救出心情的惑亂，讓我感到已經沒事了，不管做什麼都不用擔心自己的感情離經叛道。如果說之前的痛苦透過浴衣讓我內心最平常最堅定不移的部分覺醒，那想必是現在說不定正在火車上的母親默默無語的庇佑吧。

無論是我倆坐在實施燈火管制垂掛黑色布幕的餐廳單獨用晚餐時，或是餐後的時間，我得以再次心無罣礙地以無邪的心情面對春子。已過了晚間十點，母親與弟弟還是沒回來。而阿姨睡在樓下的客房。

我走上二樓自己的房間，鑽進床上懸掛的白色蚊帳後，沒有立刻躺下，一如慣例坐在床上，透過蚊帳無趣地盯著黑暗的室內望了半晌。屋頂的正上方響起反潛巡邏機[6]的轟隆巨響。那一帶似乎是月色格外明亮的天空。我忍不住打了一個幾乎裂開嘴巴的大呵欠。

一天沒有明確畫下句點好像還有什麼沒做完就這麼接近終點時，往往會讓我們主動沉溺於那種動物性的、暖洋洋的欲振乏力，因此那晚的我睡得極沉，輕輕轉動

6 反潛巡邏機是日本海軍專門用來偵測、攻擊潛水艇的飛機。

的門把聲本來不可能驚醒我的沉睡。但我還是醒了。簡直就像一直在等候。——月亮早已沉落，室內很暗。

「是誰？」我出聲詢問。

無人回答。

我打開枕畔裝有燈火管制專用燈泡的檯燈，也只能隱約看到門口有一團白色物體。

「是誰？媽？什麼事？」

對方走近了，所以可以清楚認出是母親的浴衣。

「是媽吧……什麼事？」

憋笑的咽喉悶響意外地就在近處，蚊帳隨即被用力拉開，蚊帳內已有人緊靠床鋪站立。我勉強舉高檯燈的燈光。於是那宛如船員妻子般濃妝發亮的臉孔出現了。

「膽小鬼，媽媽長媽媽短的，你都幾歲了？」

我覺得自己恍然大悟。雖覺恍然大悟，卻在一瞬間事不關己地發呆。接著突然竄過一陣貫穿全身的甜美戰慄。

春子已半爬上床。床鋪的酸腐氣味之中混雜塗脂抹粉的家畜散發的那種氣味。彷彿在定定窺探般自微光中浮現的朱唇，微微露出閃亮的牙齒，瀰漫每顆牙齒迷醉的露骨表情。

我再次感到沿著背肌傳來的戰慄與悸動因此幾乎撐不住檯燈。而且支撐檯燈的那隻手的小指頭，就像毛毛蟲般開始抖動，我甚至懷疑它發出與其他手指撞擊的聲音。

但我那種亢奮，看到阿姨穿著母親的浴衣後，轉為同樣強烈的厭惡。那是難以忍受的猛烈厭惡。——這時又有可疑的亢奮再次湧現。——厭惡再次勒緊心口。

我幾乎窒息，甚至變得脆弱無比。我只記得自己勉強啞聲開口，卻不記得到底費了多久的時間才說出口。

「不行。不能穿媽媽的浴衣。不能穿那件浴衣……」

「脫掉不就好了，對吧？脫掉就好了嘛。」

帶著誘哄的語調，卻從異樣質樸誠實的聲音傳來。那是被女人的聰明智慧潤澤後令人難以忘懷的聲音，是絲毫不帶猥瑣淫蕩的聲音。

話才剛說完（不知腰帶是幾時解開的），只見春子已抖動身體，自那渾圓的肩頭滑落母親的浴衣。

Ⅲ

我總會想起翌晨上學路途所看到的街頭印象。那是何等空虛的晴朗印象，是孤獨的印象。行道樹在朝陽中閃閃發亮。樹木與建築物的影子帶有秋天特有的清潔感，甚至可以在強制疏散下已半被拆毀的殘破家屋的影子看到。一大清早就進行防空演習的車站附近，笑聲喧嚷，一邊潑灑出大量清澈水花一邊傳遞水桶的女人們。廣播站高亢的晨間廣播。——看不到任何官能的陰翳，宛如小學課本中那種平明祥和的景色。這才想到，孩提時代，經常是這樣腦子明朗平和地醒來。對於上學路線的印象，就這麼清澈映現在小學生宛如每天早上仔細整理過的明亮小房間般的腦袋。公園的樹林隨著微風溫柔地搖響枝葉。而我每每總是忍不住駐足在販賣空氣槍的商店前那片擦得乾乾淨淨的櫥窗……

——正如我冗長的敘述，那是孤獨的印象。換言之，沒有受到感謝的人臉上得意的謙遜微笑，是可以毫無顧忌表達感謝的從容。感謝，純粹是對我自己，不是對阿姨的。

雖說如此，母親他們去鄉下避難數日後春子再度來訪過夜的晚上，比起最初那夜更冶豔。

但「小路」這遙遠的呼聲喚醒了我。那個聲音的暗示，令我感到自己就是路子。而且那不是呼喚丈夫——現已死亡的愛人名字，而是呼喚路子的名字，因此令我產生的某種心虛感情又該如何說明才好？總之對那急促的呼喚，身為路子的我很想含淚回應。那彷彿是從寂寞的夜晚原野奔馳而來的呼聲。彷彿是古老的本地派小說[7]中一再聽到愛人自幽冥界發出呼聲的故事。那種音調似乎會喚起對動物生命的哀憐。我感到自己「嘎」地一聲自心底深處擠出水鳥似的嗚咽。然後，路子那帶有安靜喧嚷的笑聲，又像幻影一般在我的嘴邊徘徊。

7 根據本地垂跡思想（佛教與本地神道教合一的思想）描述神佛的本緣、寺廟的由來等等故事的室町時代小說。

我覺得自己還沒有清醒。但我還是無法相信自己真的不是路子。然而，身為路子的那個我為何如此渴望回應那悲哀的呼聲，我已不再明白。——我高舉燈光。

「小路，啊，小路。」

啜泣的聲音來自阿姨。燈光，照亮了似乎不該被看到的東西。那是快樂不可或缺的「罪惡」感，是感覺上為了快樂絕對不能看見，結果卻還是讓隱藏的祕密曝光的，春子的臉孔。只見她狠狠咬牙，眼睛猶如女菩薩半睜半閉，額頭的靜脈幾乎鏗鏘有聲地隆起。最後，她的眼睛邊緣流下一行眼淚沾濕了頭髮。

「怎麼了？」——我再也看不下去，忍不住搖晃她，那彷彿把醜惡全數流走的美麗惺忪的容顏，勉強對我擠出一抹微笑。

「是夢魘。我做了可怕的惡夢。」

那只不過是人人談起做夢時都會有的寂寞聲調。——對於她在夢中呼喊路子名字一事我隻字未提。但我若要嫉妒，只能嫉妒變成路子的我自己，可我如果不嫉妒，自己又好像愛著路子已經不愛春子，這讓我嘗到異樣錯綜複雜的心境。

昨晚的夢話讓我又想起本已遺忘一段時間的路子。這天是星期天，因此我與春子慢條斯理吃著早餐。朝陽正好照向春子。我發現自己正執拗地試圖從那張臉上，找出細微得幾乎不會被人注意到的額頭的皺紋、眼角的皺紋、嘴邊的皺紋、脖頸的皺紋。自己好像正流露出非常成熟殘酷的眼神令我產生快感。但我怎麼找都找不到皺紋，於是我開始萌生凶暴的怒氣。我想不出到底要原諒什麼。我暗忖，若至少能找到一條皺紋，我大概就可以原諒春子了。雖然我想不出到底要原諒什麼。

「你幹嘛一直那樣盯著我的臉？」春子做出趕蒼蠅的手勢。

「呵呵，沒什麼。」——我想到這樣露出自嘲淺笑的自己才十九歲。於是內心湧起自甘墮落的喜悅。

第三次幽會已經不行了。「不是這樣，不是這個身體！」我就像《十日談》8 故事中那個打算爬女兒的床卻誤上母親臥榻的青年一樣困惑。向來該在事後出現的動物性悲傷搶先出現了。我想自己一定流露出慈善家那種蒼白悲愴的神情。

8《十日談》（*Decameron*）是義大利作家薄伽丘的寫實主義短篇小說集。

許是預感到什麼，春子以下流的語氣揶揄我。我勃然大怒，差點不假思索地說出她上次的夢話反擊。本來我們每次都會約定下次見面的時間，這次我也沒明確告訴她就叫她回去。我感慨萬千地看著阿姨獨自出門遠去的背影。前院有宛如冷開水般的秋陽潤澤。我並不是不愛春子。或許我其實已再次愛上那個「春子」了吧？我把她這樣趕出我的家門，是想讓她擺脫那種女特技演員般寂寞危險的生涯嗎？——抑或，有了領會快樂的那種船員般的眼神，讓我發現自己停泊在快樂這個港口後，立刻又因為想逃離港口的誘惑而開始蠢蠢欲動？

——不知不覺春子變成了懇求者，我成了命令者。比起被懇求，發號施令於我而言有多麼難以忍受，春子並不明白，這令我恨得牙癢癢的。去命令一個足足比自己年長十歲的女人絕非驕傲或喜悅，反倒是命令她讓我感到自身受到侮辱，但春子好像就是不明白。

「那麼該如何是好？」——她露出像初次見面時那樣欲振乏力的輕蔑笑容。如今那似乎是她最美麗的表情。

「何不讓我見路子？」我說。

「我可以讓你見她。這沒什麼。」——春子的回應非常虛心，有種彷彿早已料到會有此問的從容。「後天我們約好了要去買她朋友的結婚賀禮。到時你一起去就行了。」

說穿了那是奪走男孩初夜的女人才容許有的溫柔。換個說法，是可以代替任何敵意與憎惡的溫柔。

當日從一早就下起宛如初夏的太陽雨。是個會令人想到女用陽傘的輕薄絲綢那種閃亮早晨。

與美女單獨同行的男人看起來格外可靠，但被二個女人夾在中間走路的男人只會像小丑。我毋寧希望二人看起來像我的姐妹，因此故意戴制服帽出門。在外行走時不打綁腿是我當時不為人知的驕傲。

我在S車站等待，不久郊外電車的月台那邊有一頂明亮的杏黃色雨傘走近。說是共撐一把傘，（對方好像還沒發現站在角落的我），但雨勢明明不大，她倆卻緊靠在一起幾乎臉貼著臉。甚至分不清頭髮是哪一方的頭髮。

我不僅沒嫉妒，那情景反而深深魅惑我，甚至令我忘了自己正在等待與路子的第一次約會。那近似某種極端的快樂印象。

貼得那麼緊還要共撐一把傘畢竟不便，因此隨著她們走近，我看到春子握住瑪瑙色傘柄的手已被雨水淋濕顯得潔白發亮，瀰漫一種冰冷的嫵媚。傘下，被雨傘明亮的杏黃色照亮，二個美麗女子的臉龐擠在一起幾乎滿溢的模樣，好似豐饒的水果籃。

發現我後，姑嫂倆露出微笑。二個微笑的相似令我愕然。但是打招呼時，內向的少女本該羞紅雙頰，可素來貧血的路子臉頰卻毫無血色，這大概是區分二人微笑的標記吧。今天的春子沒有塗抹那種船員妻子的濃妝，卻青春貌美得判若兩人，而路子也化上冬玫瑰般的淡妝，令她那貧血體質略顯脆弱的美感展現充分的豐饒。只是站在春子的身旁，她的美麗終究是有點討好春子之美的那種美。

懷著足以證明自己墜入情網的急切落寞，我與路子並肩在市內電車的位子坐下。我感到有種細沙自指間不停滑落的焦躁。這時少女慢吞吞以令人急得齒癢的語氣開口了。那種齒癢的感覺果然令人懷念。

「呃，我那個朋友，是疏散到茅崎避難的千金大小姐。那個人，個性活潑得古怪。未婚夫一早去拜訪，她居然穿著睡衣就跟人家一起去海邊玩相撲。不過據說她未婚夫就是中意她那種個性。再過一星期他們就要結婚了。」

她對婚禮及未婚夫這類東西理所當然地抱有少女應有的興趣令我很高興。不過不管怎麼想，剛才她倆共撐一把傘都像是故意對我示威令我耿耿於懷，因此回程我說我的傘比較大問她要不要到我的傘下時，少女反問我要回哪裡去。「妳不是還沒去我那裡玩過嗎？回程請務必光臨寒舍。」「嫂子去的話，我就一起去。」——那絕非形式上的客套話，是把理所當然之事視為理所當然的語氣。

——在這樣的雨天，會去銀座且嘖嘖稱奇地購物逛街的人，除了我們，頂多只有像鄉巴佬那樣紅臉的士兵。士兵用他們欺負菜鳥新兵時的好色眼神，目不轉睛地盯著共撐一把傘的姑嫂。

昭和十九年秋天，正著手拆除建築物以防範空襲火災的銀座大街，本是抱著填補空間的打算而放進櫥窗陳列的豪華花瓶，不知不覺已占領整條街，這裡開始瀰漫不可思議的非人性氛圍。面臨空襲威脅的最後一次空虛豪奢，充分被知名的鐘錶店、珠寶店、古董商、陶器公司門市以及百貨公司的賣場一一展開，所有商店乾淨透亮的玻璃櫃內，都有反正也賣不出去的巨大花瓶燦爛發光。這種東西，一旦有炸彈落下肯定會遭殃，但如此脆弱易碎不便攜帶、空有這般華麗的東西，被放進同樣脆弱易碎的玻璃展示櫃及櫥窗深處的情景，似乎醞釀出了一種非人力可為的妖冶風情。那是沉甸甸的縹緲，大剌剌的華麗虛無，環繞著格外巨大豪華的花瓶緩緩搖曳那樣的氛圍。

雨停了，對面大樓為了防止炸彈炸碎玻璃而貼滿招搖的紙膠帶的窗子閃閃發光。二個女人一會站在花瓶對面，一會經過旁邊，一會仰望花瓶，一會朝花瓶低頭的模樣令我百看不厭。那同樣近似某種直截了當的快樂印象。不能只有一個人。必須是二個女人結伴同行。少女穿的天藍色外套與阿姨穿的暗紫紅色外套，透過玻璃映在陶器潔白乾淨的表面上。二個年輕貌美的女人靠在一起，不由散發出一種明目張膽的無恥甘美，與其稱之為旁若無人，毋寧是無懼神明的過剩溫柔，似乎蠱惑了白瓷花瓶。

「找不到恰好合乎心意的呢。再多走一會隨便逛逛吧。」春子的話喚醒了我。

今天到底是來做什麼的？來到銀座後，我還沒有和路子講上一句話呢。我看著路子，我不是一直在苦等接近她、和她說話的機會嗎？——彷彿被人從夢中之夢喚醒後真的從睡夢中醒來，看到姑嫂倆在後巷買了二個難以形容的少女趣味的朱鷺色花瓶時，我再一次被喚醒。

「同樣的東西為什麼買二個？」

「可是這是一對。」春子回答。

如果要邀請她們去我家，反正走那段坡路時一定是我負責拿東西。既然如此，我幻想她們會買豪華又沉重得難以負荷的花瓶。對我來說，路子叫我扛的包袱，越豪華越沉重就越好。

出了商店又開始零星落下雨點。雲間的晴空如折扇漸被闔起。

二人同意去我家玩。四處觀賞花瓶之際，我的心境已有了變化，（或許那本來就是春子的計策），我已無法在春子缺席的情況下注視路子。——但出了車站，大雨傾盆，春子的女用傘會讓二個女人同時渾身淋濕，因此我得以光明正大地叫路子來我的男用傘下，可是在家門前這條冒雨行走更顯艱難的陡坡，路子為了閃避衝下來的自行車而不慎摔倒時，左手拿花瓶右手撐傘的我，當下無法扶她起來。不，毋寧，她就像是輕飄飄跪坐在那的樣子，因此在自行車駛過後，一瞬間我還不知發生了什麼事，見到她隨即站起來按著膝蓋像水鳥一樣垂首站立，嚇了一跳的我這才連忙呼喊隨後跟來的阿姨。

——之後是怎麼把她帶去浴室的，我已不大記得。唯一記得的是愉悅忙碌的情感，是某種狂暴的歡喜。

我大概在情急之下把原先左手抱著的包袱塞到阿姨手上了。之後莫名萌生一種不能讓對方搶先的焦躁，也不管路子跛足而行，硬是拽著她的手臂大步往我家走去。當我瞥向她沾滿泥濘的下半身，的確好像有種情感能讓我充滿蓬勃生氣。一到家，我就一邊和追上來的春子這麼說，一邊把她關進會客室了。

「請在這裡等一下。藥和繃帶在哪裡我都清楚。」

路子站在浴室的木板上畏畏縮縮，簡直就像跟人打架弄得滿身泥巴的小孩。在我帶著藥和繃帶回浴室之前她一直這樣乾巴巴站著。

「傷口在哪裡？不趕快清洗的話，可是會有黴菌感染喔。」

於是路子保持沉默，以困倦不堪的動作，臉也不紅地掀起裙子。她穿著男用的長統毛襪直到膝下，而現在毛襪沾滿泥巴，至於膝蓋的汙泥中好像有擦傷，但她白皙的腿因此看起來簡直如夢幻般雪白。路子把膝蓋移到自來水龍頭下方後，清澈的水花激烈噴灑在上面，轉眼就露出玫瑰色的緊繃膝蓋。那裡倒還好，但緊靠旁邊的柔嫩皮膚有相當大片的擦傷，被水一沖就清楚露出。在沖水時呈現微帶清新的粉紅色，但把水移開後，頓時有醒目的美麗鮮血緩緩滲出整片。

「好美——流血了。」

這新鮮的感動震撼了我的心頭。我很想把藥物和繃帶都扔到一旁。過去數週和春子相處時那懵懵懂懂、沉鬱的心情，好像被某種新鮮的事物狠狠敲打而重新振作起來了。我認為我從那血色再次找到了我喪失的東西。

Ⅳ

在外公家絕對不能大聲，因此之後有一陣子都是在我家碰面或者出去在外會面。坦白說，春子應該是為了向我求歡才故意替我與路子牽線，但不可思議的是，打從那天起她就不再向我求歡。她總是與路子結伴而來，幼稚地嬉鬧一番後又結伴離去，如此而已。由於三餐交由女傭負責，我看起來瘦了，她們說必須把我養胖，姑嫂倆輪流帶來甜膩的點心與料理。不知何故，我甚至感到自己這十九歲的年紀恰恰好，就像小孩預感到父母催促上床的時刻已接近因此更要瘋狂玩鬧般玩得很瘋。遊戲規則被嚴格遵守。絕對不能強求姑嫂倆說出過去的生活也是遊戲規則之一，但事實上對春子而言，那起私奔事件在她的人生中似乎並沒有想像中那麼有意義，至於其他具有意義的曖昧過去，彷彿變成一隻容易安撫的貓咪，總是在女主人的手掌下昏昏欲睡，說到能做的事，只不過是時而微微抬眼，溫柔舔舐女主人的手心罷了。

從這時起，我的記憶驟然出現錯亂的色彩。當我發現自己深陷其中不得不立刻逃離的那種「快樂」，如果站在第三者的立場審視那種其實並不怎麼魅惑我的「快樂」，它正開始用最能讓我心悅誠服的道理侵犯我。那本是讓我心悅誠服到詭異程度的道理，可當我試圖解析表達時卻又不再理解了。

它是以這種方式開始的。當三人一起打麻將時洗澡水燒好了，於是我一如往常請春子先去洗澡。

「好……」——春子好像有點猶豫。

夕陽照進院子令枯萎的菜園宛如鬱金色的花園。路子一邊把玩麻將牌，臉卻轉向那空無一物的庭院。春子站起來，也沒有走出房間，只是像第一次看到稀奇的東西似地眺望裝飾架上擺設的那對雌雄鹿偶。

這時我產生一種奇異的情緒。我的確很想讓春子去洗澡，以便自己與路子獨處，但那種情緒似乎極度危險且不穩定。而且那種不安，似乎是來自想被某人觀看的異樣欲望。

我伸手戳路子的肩。我的手指感到一股嗆人的彈力回應。霎時之間，我懷疑這個少女真的純潔嗎？

「妳在發什麼呆？去洗澡吧。和阿姨一起。」——我強裝恬淡，說出與之前的渴望相反的話。

「那好吧。」——少女依然看著那邊，以令人齒癢的慵懶語氣回答，這時我不經意朝阿姨看去。我發現春子的眼中有放肆的光芒，臉上浸潤出令臉孔扭曲的歡喜表情，不禁暗叫「糟糕」。

——我從不曾像這一刻這麼渴望挽留與春子一同走出房間的路子。而且對於挽留之舉，也從不曾像這一刻如此盡情沉醉於自我壓抑的痛苦甘美。

我倚靠桌子，茫然望著為了打麻將鋪設的毯子上，低低照入的夕陽殘影令每一根纖維發出金光，替每一根纖維添上可愛的影子。春子第一次來我家時，我基於純潔可以容許的那種淫亂好奇心恣意幻想過浴室裡的春子，然而現在的我早已失去那種淫亂的純潔。把姑嫂倆一同趕去浴室的衝動中，多少也帶有對永不復返的純潔激烈的憧憬。只是，我的幻想力已經回不來了。浴室裡正在做什麼我完全無法想像。浴室只是一片漆黑，好像什麼都沒有。也沒有浮現從熱水中靜靜冒出的白色肩膀……。

她們待在浴室的時間漫長得令人驚愕，其間當我走過浴室前面時，裡面還傳出似啜泣似低笑的奇妙動靜令我耿耿於懷，這時走廊突然響起凌亂的腳步聲。我慌忙起身拉開紙門，一股剛洗完澡的氣味撲鼻而來。春子帶著莫名其妙的微笑朝我使眼色，但當我看見春子的手臂緊緊挽著站在旁邊的路子手臂，我大吃一驚。更重要的是，我發現路子露出楚楚可憐的微笑，臉孔已如亞麻般毫無血色，我當下戰慄。

「是腦貧血啦，很輕微。你先過去把坐墊排放在一起。讓她躺一下比較好。」

——我拿葡萄酒過來後，春子問了我，往偏屋去拿毛毯。

去偏屋的春子打開壁櫥找到毛毯回來並不需要耗費太久時間。但是擔心春子隨時會回來的危懼，在這時時刻刻，我的心裡翻攪起過去似乎已被遺忘的那份對路子的愛情。我想被春子看見。「趁著春子尚未出現」的興奮，也包含了渴望春子早點出現的奇妙心願。我把臉貼近路子的臉頰。她的臉頰冰冷如陶器。它以死亡誘惑人類的方式誘惑了我。換言之當我委身於它時，我已不再是我。

春子抱著毛毯匆匆進來。

「你已經給她喝酒了？」

「沒關係，已經不要緊了。」

以令人掃興的清晰嗓音回答的是路子。我驚訝地望著那張臉。她的臉頰已神奇地泛起紅潮，睜大的眼睛朝我拋來含笑的視線，同時仰望阿姨，

「我已經可以起來了。吶，扶我起來。」

路子用毛毯裹著肩膀，倚靠著她的嫂子在餐桌前坐下。但她終究什麼也沒吃，只是小口小口地淺啜葡萄酒。臉孔比平時更明亮，貝齒的美麗潔白第一次如此醒目。她不時把臉靠在春子的肩頭動也不動地閉著眼。於是春子會露出醉酒的神情。路子再次驀然睜眼，說她想吃一點煮栗子。

瑣碎的突發事件容許的異樣溫情，地震之後一家瀰漫的和諧，那令大家盲目。往往把友情當成愛情，把愛情當成友情。惡魔將面具的肩膀與嘴巴一點一滴重新描繪得誰也認不出來，直到大家再次一一換上故弄玄虛的面具。——即便我眼看著春子的手用顫巍巍的筷子夾起煮栗子送到路子嘴裡，也沒有感到絲毫嫉妒，甚至還覺得春子如痴如醉的神情很美，想必那也是因為惡魔重新描繪的面具所致。我覺得美，是因為路子令她沉醉所以才美，若春子是為別的男人沉醉，在我眼裡絕對不可能美麗，但是想到那個「別的男人」若是我自己，我又不明白了。

「剛才經過浴室前我聽到哭聲。是誰在哭？」——我唐突地開口問道。臉貼著臉的姑嫂倆杏眼圓睜，就這麼臉貼著臉注視我。那令我想起下雨那天她們共撐一支雨傘。

「沒有人哭呀。」

「嫂子妳裝傻也沒用喔。宏哥，嫂子洗澡時想起我死去的哥哥所以哭了。就像光溜溜哇哇大哭的嬰兒喔。」

這是路子第一次提起過世的哥哥，不管是真是假，早已被馴服遵守那個遊戲規則的我害怕碰觸那個話題，於是說出上次路子那個茅崎的友人令我聯想到的笑話來插科打諢，

「搞什麼，原來是這樣啊。我還以為妳們兩人又在玩相撲，擦傷了哪裡才哭呢。」

於是姑嫂倆宛如忽然亮起明燈般發紅的臉蛋對看，然後嘴角浮現只有犯罪的女人才適合的那種蕩漾冶豔風情的微笑。

——那晚十點多春子與路子回去後，遠甚於平時的甘美蒸騰情緒擾亂了我。那晚，我夢見她倆玩相撲。姑嫂倆柔和地上下抬動雙腿像狗一樣站立。二人都穿著女

特技演員的衣裳。

如此這般彷彿在某處潛藏騙局，卻又很愉快的秋日一天天過去了。某日我去東京車站替出征的友人送行。他那個肥胖健康很愛笑的未婚妻也來送行。當未婚夫乘坐的列車起動時，她依然只是吃吃笑。我也想要一個愛笑的未婚妻。我希望兩人一起說「天亮了」會笑，說「有人從丸大樓跳下去」時也會笑。

顯然翌日，巧合之神就顯露成全我心願的跡象。向來與春子同行的路子，竟在那天傍晚隻身來訪。她沿著院子走進來，看到在會客室陽台看書的我，

「咦，嫂子呢？」她問。

「我不知道呀。」「她應該來了吧？看你的臉就知道。」「不信妳可以搜我家。」

「哎呀，這是怎麼回事？她從來不會爽約。」

那種說法有點奇怪。從來不會爽約，這表示她們每次都是在外約好了一起來，但是同樣住在外公家的二人有那個必要嗎？見我心生狐疑，路子解釋說，不，只有今天是在車站相約碰面再一起過來，因為春子有事先去別處，路子也因身不由己的

原因晚了三十分鐘左右才到，所以她以為春子已經先來了。她說只有今天是特例似乎是真的。但在我一一逼問下，路子又使出過去也一再在最後關頭使用的那招妖精眨眼大法，她說，「那我就說實話吧。」

上次去買花瓶的數日後，路子便離開了早就覺得寄人籬下待得很不自在的佐佐木家，搬到春子替她找的公寓。而春子仍繼續住在佐佐木家，但是為了陪伴怕寂寞的路子，春子一星期總有四天會在公寓過夜。但佐佐木家的人愛面子，追究起來會很囉唆，因此別說是身為佐佐木一族的我，就連對親生母親——我的外婆，春子都沒透露公寓地點。她說等到已經沒關係時，春子應該會找機會親口告訴我一個人，她的語氣聽起來好像是全權交由春子處置。

關於那個住址，我也料到路子不會隨便透露，不過我倒是開始覺得，別讓現在可能隨時趕到的阿姨搞砸這個二人獨處的大好機會更重要。

「要不要上二樓？」我這麼一說，曾上樓到我房間借過幾次書的路子默默跟隨而來。當我擔心春子會不會隨時出現而忐忑不安時，可以看出路子的身體有一種彷彿不穩定湧現的危險嫵媚。我們也沒說什麼像樣的話題就過了快一個小時，這次輪到路子開始坐立不安，而我只覺得路子身上那套早已見慣的套裝很乏味。少了被春子窺視的感覺，我對路子的欲望果然也會衰退。

敞開的窗子映入無垠的暮色中，這個高地山腳下的市街喧囂，皆化為寂寞、晦暗、愉快的無數聲音微粒子交錯穿梭。在那些微粒子中，也夾雜附近陸軍連隊的喇叭聲，那是略大一些、光滑閃亮的粒子。——我再也坐不住，走到書架前隨手抽出書本翻頁。路子坐在我的桌前好像在塗鴉。彼此看不到對方的臉，不知不覺好像成了習慣讓我們彼此都很快活。

「哎呀，鴿子在不停盤旋呢。」「每天一到傍晚，就會看到有人在屋頂揮旗子喔。」——路子沒有回話。輕輕的嘆息，與撕破紙張的聲音傳來。然後她自言自語：「嫂子怎麼還不來……」

當下並沒有萌生本該刺傷我的嫉妒，這點反而令我受傷，我陷入沉默。只有異樣感傷的共鳴。那很類似上次被春子那一聲「路子」喚醒後想要回應的含淚共鳴。我覺得與我一起苦等春子直到現在的，不是路子，好像是我自己。路子的心情實在太明顯了。被關在男人的房間，仰望薄暮渲染的天空，在心底呼喚春子的路子，令我感同身受。而且唯一可以確定的是，這絕非戀人的直覺之類老套的東西。

——我努力祈求抹殺這可笑的情感，但就算真的抹殺了也不能怎樣。暮色宛如猝然昏倒般迅速降臨。想到今晚一個人躺在床上時，那種難以忍耐的寂寞與晦暗，我再也按捺不住。——來自身後的腳步聲，令路子窩在椅子就像仰望大鐘般面無表情地仰望我。她的眼白似乎泛著淺藍。我把手放到她肩上。但我能感到肩膀在顫抖。當我吻她時，她的嘴唇以某種可愛的力氣回應我。

室內不知幾時已入夜了。路子怯生生地開始準備離去，我沒有挽留她也沒有送她去車站。

——不過話說回來，那是沒有喜悅的接吻。因為那是今晚讓我孤枕難眠的路子唯一能給的嗎？「不是這個，不是這個嘴唇的味道！」我的嘴唇不滿地嘀咕。這時我忽然想起，與春子共度的那悲慘的第三個晚上。「不是這個，不是這個身體！」這麼討厭的聯想從何而來？剛剛才與路子初次接吻，結果路子的嘴唇竟然有春子的味道？那是正常人有點無法忍受的想法。

翌日與路子一同來訪的春子，趁著路子起身離席時，臉上掛著有氣無力卻很典雅的微笑，語氣相反地帶有乾巴巴的味道，「我聽說囉，小宏，昨天你吻了路子是吧？」她直接挑明。我面紅耳赤結結巴巴半天，但當最初的狼狽過去後，接著出現的情感完全出乎預想，（我當然以為之後出現的會是作嘔般的不快與憤怒），是忽然香豔湧現的昨日接吻回憶。我是當成被春子看到的接吻去反芻那個回憶。於是它頓時變成苦惱的初吻持續數日的酩酊記憶，成了下一個欲望無法被滿足的痛苦。——之後我質問春子隱瞞路子住處之事。春子說，「我很快就會告訴你了，等路子點頭再說。」

從這時起，「告訴我路子的公寓地址。我要去玩」，就成了「令人臉紅的要求」的同義詞。意外促成它提早成功的，不消說，自然是秋末最美的那天響起的第一次空襲警報。「明天一定把我的公寓地址告訴你。」少女說。換言之路子承諾了。那想必是在不知作何打算的春子令人費解的許可下。

對我而言，去學校工廠的每件事都有其意義。那天我也受不了在家乾等，索性去工廠可笑地賣力工作到下午。可以的話，我真想從昨晚就徹夜工作。當我下午一點左右脫身回到家，女傭說：客人剛剛來了，咦，人到哪去了？起居室裡有一件色調暗沉的絲質工作褲已被脫下折疊好。女傭說今天夫人穿和服，脫下工作褲一看，是很搶眼的古代紫[9]云云。她居然也知道這種時髦的詞彙。——客人大概去院子那邊了吧。啊，沒關係，我自己去找。說著，我穿上帆船鞋去院子。

菜園的綠意早已大半喪失。草地覆滿乾枯的雜草，枯萎成溫暖的雌黃色[10]。一切事物都帶有秋末那種宛如琴弦斷絕的寂靜。落葉掛在雞冠花泛黑的花朵上。我走過偏屋前的防空洞旁，在面對廚房與浴室的後院前左轉下去院子，從那後院隔著樹林，有一塊大約百坪的小規模空間。從前父親還在東京時，這裡整片地都用來養狗，每天早上飼狗員會拿臉盆裝滿雞脖子，不分晴雨送來這裡餵狗。父親去大阪後，狗籠被拆除改成花壇，許是狗糞把地養得很肥，連很難開花的植物都長得很茁壯。現在變成菜園，由住在後面出租房屋的老男僕夫婦負責打理。唯一還能看出花

9「古代紫」是微紅的暗紫色。相對於近代的「江戶紫」與「京紫」而有此名。
10 雌黃色近似中藥的雄黃色，是比雄黃較淡的黃色。

園痕跡的只有角落已荒廢的大溫室，玻璃幾乎都沒破，因此一到冬天我就會躲在這裡曬太陽。我經常坐在那令人懷念的破椅子上沉迷於冒險小說。不知何故，我就是覺得那對姑嫂應該在那裡。我想嚇唬她們，於是躡足走近。肥碩的蟋蟀跳到膝上。房門緊閉，但是那扇門很破爛，就算從縫隙偷看也不會被發現。只見春子面向玻璃屋頂坐在已露出稻草的椅子上，好像正在看什麼雜誌，但她穿著散布小菊花的紫色和服搭配暗色絲織腰帶，是與平日的春子截然不同的模樣。路子還是穿著套裝，站在椅子後面雙手環抱嫂子的肩膀一同看雜誌。雖非陽光普照的關係，但她看起來好像揹著一個軟趴趴的溺死者。路子驀然移開身體，手還是繞在大嫂的脖子上，從略遠處定定凝視春子潔白豐腴的後頸。她凝視了很久。才剛覺得她的臉頰到耳朵好像流過一陣紅潮，她已頹然將臉埋在嫂子的後頸上。然後就像小狗鑽進稻草窩中，腦袋沉重地痙攣性晃動，一邊用額頭摩挲春子的頭髮，用臉頰與下巴摩挲潔白的後頸，之前微微張開的、擁有修長睫毛的眼睛眼角刻畫出幸福的微笑，隨即緊閉雙眼把嘴唇狠狠壓在領口露出的皮膚上。春子彷彿不知她做的這些舉動，她只是安靜不動。垂著同樣修長的睫毛低頭不語。二人大約有三十秒的時間保持那個姿勢沒動。

唯有少女纖細的手指微微豎起指甲，一邊微妙顫抖一邊撫摸春子的肩膀。——這樣大概過了三十秒後，春子就像剛睡醒時那樣緊閉雙眼把頭向後仰，舉起雙手摸索到路子的脖頸後粗暴地把那張臉捧到自己的臉前。路子扭曲身體，左手用力捅進春子的兩膝之間。然後左手以劇烈的動作撩起嫂子的裙擺……

——看到這裡我簡直瘋了，連自己也不知是怎麼跑的，只是一股腦衝回家中。進入二樓書房後，我把好幾個月沒有鎖過的門鎖鎖上，埋頭撲進被窩，好一陣子氣喘吁吁。之後不管誰來敲門我都沒理會，連東西也沒吃，就這麼窩在房間直到翌晨。

V

姑嫂倆好像在那期間離開了，之後很長一段時間都沒有音信。

但那樣子我的心情無法解決。我還不了解路子的身體。至今我的手中仍殘留一種不安與憂懼：路子的身體是否也同樣會讓我想再次吶喊「不是這樣，不是這個身體」？我依然懷抱對那種不安與憂懼的好奇心，那毋寧是對幻滅的強烈好奇心。撇開那個不談，那天在溫室裡的春子與路子是多麼美麗溫柔啊。她們一次又一次在夜晚威脅我。

結論早已決定。抱著幾乎想死的忍耐，忍了三週毫無音信後，我終於造訪佐佐木家。一早就響了二次空襲警報，這是陰霾寒冷的一天。但搭乘郊外電車抵達外公家時，宛如薄冰消融，日光已如明媚的小陽春般溫暖。——據說春子正好剛帶狗散步回來，只見她坐在簷廊打著毛線。夏克似乎還沒平息散步後的亢奮，一下子啃咬撿來的木片，一下子把木片扔遠朝它咆哮挑釁，不停扭動牠那宛如運動選手的流線型腰身。

「哎呀，真是稀客。」——春子臉也不紅地說。她用二根手指迅速對著正在編織的地方數清是第幾針後，就把坐墊滑過來任由雙腿自簷廊垂落晃來晃去，並且叫我也在絞染花色的坐墊坐下。夏克拿春子穿襪子的腳趾嬉鬧輕輕啃咬。這隻狼犬的心與春子的心在這數月之間變得親近，清楚顯現在這家的人們之間一個女人與一隻狗走過的時間有多麼孤獨。只有孤獨的人，狗才會真正親近。——我再次陷入感傷的優柔心緒。我很想拜託春子什麼。不僅如此，我甚至想開口請求春子今晚來我家過夜。

春子似乎察覺了什麼。她的眉心露出忍耐某種事物時的陰沉，但那頓時轉為有氣無力的乾巴巴微笑，「今晚你可以去路子那裡。我已跟她約好了八點過去。你就代替我去吧。」她若無其事地說。我覺得自己第一次在她的眼中看到過去的可疑光芒。她的過去彷彿是我自己的過去般正在命令我。她該不會現在才正要成為「新聞話題的女人」吧？她親自把本已了結的一起事件的意義，再次重現變成她的生存意義。——在春子借用我的記事本畫出路子住處的地圖時，我茫然追索那個想法。然後我捫心自問今晚是否真的想去路子那裡。我的心以惡意的眼神凝視我，並未回答。

昏暗的電車內只有寥寥無幾的昏暗臉孔。我搭乘都營電車換了二次車，在橋畔下車後，聽見彷彿初冬特有的凜冽流水流淌而過的河水聲。還沒有發生過夜間空襲，因此可以一心一意眺望美麗的燦然星空。但走進河邊整片房屋旁的狹小空地後，由於一側有神社特有的森然樹影，到處挖掘防空洞堆出的土堆，令人走起來格外艱難。最後我終於看到暗青色大谷石[11]砌成格子圖案的公寓圍牆。

那是面向河川的二樓一室。偷工減料的三夾板房門，彷彿才剛敲門就會有一股猛然迸出的力道推開門的煩躁，發出可怕的傾軋聲。進去一看，裡面也掛著厚重的遮光簾，暗得幾乎看不見彼此的臉孔。

「是宏哥啊。」——黑暗中一個意外沉靜的聲音回應。「對。」「是嫂子叫你來的？」「對。」「這樣啊，那就好。」過去從來沒對路子說過「對」這種簡答的我，覺得這樣的對話太過神祕，所以不知該如何做其他答覆。我任她擺布。路子悄然繞到我身後替我脫下有內裡的大外套。她那熟稔的脫衣方式，令我驀然想像是否曾有許多陌生男人以同樣的方式在這個房間任她幫忙脫下外套。

撥開遮光簾走進去，看來做了徹底的遮光，六張榻榻米大的室內異樣明亮。她穿著圖案模糊、有點嫌短的虹彩色銘仙[12]和服與成套的外褂，腰上繫著粗鄙的黃色細帶。

這是個不可思議的房間。一切都是兩兩成對，甚至包括衣櫃。而且有種打破色彩均衡的不快出現在所有的家具、裝飾品以及坐墊上。若是無意識的低俗品味，就天真無邪而言還有救，但這裡有的是刻意的低俗品味，充斥著極有鑑賞眼光的人故意收集不符合自己喜好之物的偏執性低俗品味。目標是某種不美的東西。就像是照著某種不美的嶄新誘惑，以此為基準來挑選東西。而且瀰漫一種不是脂粉香氣也不是馬廄的味道、宛如紅色印泥的惡德氣息。路子漠然煮茶，端出柿乾，頻頻走動，但她的動作沉靜地彷彿某種儀式。端出來的碗盤，都是廉價的花俏圖案，顯然買的不是五個一組而是一對。我倆至今幾乎還沒進行像樣的對話。路子依舊無聲無息地忙著走動，才剛聽見她把洗乾淨的餐具瀝乾的聲音，緊接著她已拉開壁櫥緩緩將被子一一取出在我身旁鋪開。睡袍是使用驚悚原色的假友禪。「怎麼，只有一套被窩嗎？」「向來都只有一床。我和嫂子睡一個被窩。」她像小鳥一樣厚顏無恥。

她拿著睡衣躲到遮光簾後隨即把其中一件扔給我。「換上吧。」——那是軟趴趴的白色紗布染上紫藤圖案的女用浴衣。一拿到手裡幾乎從手中溜走的光滑觸感，

11 大谷石是栃木縣宇都宮市大谷町出產的凝灰岩石材，呈青綠色。
12 平織的絲織布料，因堅固耐用且價錢便宜，多半用於女性的家居服或寢具。

還帶有如人體肌膚般的溫潤。我不想當著路子的面換衣服，因此迅速脫光後穿上那滑溜溜的衣服。從遮光簾後走出的路子也是一樣的藤花圖案浴衣。穿上後頓時變得快活的她，端來威士忌，在矮桌上支起雙肘。

「我什麼都知道喔。就連你和嫂子的事我也全都知道。那個。」說著，她指向掛在門上方的兄長遺照，「哥哥做過的事我也一清二楚喔。但是，我絕對不會違背嫂子說的話。只要是嫂子叫我做的事我全都做了。今後也一樣，嫂子叫我做的我都會做。包括你，嫂子已經命令我要愛上你喔。」我不知該如何回答。「啊，窗外有奇怪的聲音。」「是河水聲。河中有形形色色的東西流過。」

穿著同樣的女用浴衣與路子面對面之際，我覺得那個不懼神明的女人那無恥的溫柔好像逐漸在體內醞釀。——路子掀開鏡子上那塊小鹿斑紋的絞染布，坐在鏡前打開各種零碎的瓶瓶罐罐蓋子，「我最愛在晚上睡覺前化妝了。因為亮著燈時我看起來更漂亮。我總是在睡前與嫂子玩化妝遊戲。你要不要過來？我們玩化妝遊戲吧？」「好，我來囉。」

我站起來。差點被垂落的下擺絆倒。

鏡前有一對花瓶。是上次在銀座買的那對朱鷺色花瓶，但是現在上面用鮮豔的緋紅色寫滿春子的名字，肯定是路子無聊之餘拿口紅寫的。但路子對此沒有提起隻言片語，倒像是忽然想起似地說，

「我幫你塗口紅。」

「幫我塗？」

「哎呀，除了你也沒別人了吧？」——是的，除了我再無別人。但真的再無別人嗎？

我像卑微的隨從那樣屈膝跪地，閉上雙眼仰臉等待。可以感到路子重新坐正。然後熾熱的手臂帶著一股好像在哪兒聞慣的香味靜靜纏上我的脖頸。我可以感到以雙膝跪立的她，身體不穩定的微微晃動。我知道她的右手正高舉口紅。她的呼吸與我的呼吸幾乎一致，燃燒的臉龐就像肉眼看不見的大朵玫瑰盛開在我面前。

這時我忽然感到疼痛。會覺得痛應該是錯覺吧。是慵懶的重量傳遞到唇上。它被用力地、溫熱地拉扯。我的唇紋擠到某一邊，我的嘴唇發麻，同時以陰沉的表情，開始做那個想必連神也不忍目睹的夢。

於是我感到好像有另一種嘴唇附身到我的唇上。

昭和二十二年十二月《人間》

馬戲團

團長倚著椅子一手任由雪茄冒煙，另一隻手裡的鞭子前端不斷在空中畫出圓形及三角、四角形，始終沉默不語。

這種時候是他生氣的時候。他是個刻薄無情的人，此外，人們也罵他殘忍。沒有幾個人知道，他有多麼熱愛那些在他的殘忍下堅強生存的人們。只要他說去死，他的團員不管是誰都會立刻去死。馬戲團帳篷的最高處，飄揚著他那繪有紅色骷髏的旗幟。

他以前是被派往大興安嶺偵察的探子手下。三個年輕的探子潛入R國女間諜的家中。地雷爆炸，那三個年輕人與女間諜都被炸死了。但，女間諜的裙子碎片，與一名年輕人的帽子，在大約一百公尺之外的罌粟花海中找到。當時年僅十八歲的團長，向來稱呼死掉的年輕人「老師」。他戴著老師遺留的帽子淚流不止地回到日本。

正因擁有慈悲心性，才會對別人的冷漠對待也盡量誠實。誠實被磨練出來了。幾乎誤以為是虛偽。

藉由對人心的投機炒作，他變得富有偉大。他是人心的投機商人。世上再也找不出比他更適合當馬戲團團長的人。

——二個月前，他去當地老大那裡拜碼頭，直到很晚才回來。掀開自己的帳篷進去後，只見一對少年少女正在幽會。團長不發一語扭住二人的手臂，他仔細審視二人的面孔，但他卻毫無印象。

吹口哨後，P應聲出現，自團長手中接過二人。

「這是哪裡的傢伙？」

「團長，是管舞台道具的。」

「膽子真大。」

團長開心地打呵欠。

「等一下。」他叫住P。

團長抓起少年的手掌仔細觀察。

「你騎過馬？」

「是。」

「你以前是做什麼的？」

「我做過馬夫。在帝國馬場。」

「嗯哼……喂，老P。給女的灌三升醋。把這小子整天綁在克雷塔上。」

從來沒人能夠駕馭悍馬克雷塔。昨天還有一名女騎手折斷脖子，就像從架上摔落的陶瓷人偶。

每天的表演結束後，心腹P總會來團長這裡喝酒。他說那個小子與丫頭應該能混出一點名堂。假設讓少女走鋼索失足跌落，站在馬背上駕馬正好趕到鋼索下方的少年接住少女的身體繞行舞台一圈。這種表演肯定會大受歡迎。少年略有氣質的五官，令P提議不如給他取個「王子」的綽號博取喝采。團長點頭同意，並讓又大又美的金幣落入P的手心。

半個月後二人上了舞台。

一個月後二人已成了大明星。

成群結隊來看表演的法語學校小學生興奮地朝二人拋擲牛奶糖。在他們的小口袋裡溶化的牛奶糖，猶如果實垂掛在少女的秀髮上。頭髮因此沉重地猶如獅子，增添亞馬遜女兵那種健美。

團長衷心喜愛二人，但他並未因此對新人應受的折磨放水。那個折磨越激烈，就他們的生存方式而言，想必越符合馬戲團面臨的危機，以及那得過且過、自暴自棄的陰影。

——團長向觀眾致詞完畢退場後，經常在幕後看著舞台。

香菸的煙霧與人潮的熱氣，令場內瀰漫金色的霧靄。數千名觀眾看似莊嚴。一切事物的上方是汙濁黑暗的廣闊空間。那是馬戲團成員的宇宙，他們在那空間的任何地方，都能立刻以肉身架起燦爛的星座。從帳篷吹入的風，令那空間漆黑地膨脹遊動。宛如深海魚般以銀紙與彩色鐵皮包裹的男女，不時高高躍起造訪這空間。這時深海的朦朧群集，響起了對人耳而言過於尖銳的歡呼。

在這高高的場所，秉持奇妙的節度與禮讓出現奇蹟。衣裳半裸的男女，一瞬間如天神美妙交纏。之後，幽暗的巨大鞦韆，一邊怠惰地搬運那高處沉澱的時間一邊款款晃動。——無休無止。

帳篷最高處的破洞應該可以看見海，但無人看見。雖然無人看見，每逢月夜，據說海面會如鯖魚般閃爍著青光，那破洞也不時地透入月影。週日晚上表演時，高高飛來的女人，身穿彈性布料的胸口若隱若現透出一抹白皙。

樂隊突然發出高亢的喇叭聲。

少年少女登上舞台了。

少女穿著綴有華麗刺繡的層層紗裙。光裸的腳下，銀色鞋子以危險的美麗燦爛生光。少年扮成王子，披著綴有星形小鏡面的紫色天鵝絨披風，穿著看似甲冑的銀絲輕裝，胸口是紅百合的徽章圖形。

二人手牽手走出，以默劇的動作，可愛地向觀眾行禮致意。

觀眾發出瘋狂的嗚咽，大聲喝采。團長看到觀眾的眼睛被人性溫柔的淚水濡濕。

P挺起黃黑橫條紋衫的肩膀，得意洋洋地戳戳團長的背。

團長沒回答。因為他也露出了與觀眾一樣的恍惚神色，半張著嘴。他的眼睛也因人看著人時的那種溫柔而泛出水光。

聽聞二人私奔，團長的心被悲傷之箭深深射傷。他心裡偷偷期盼的情景——有一天那鋼索倏然斷裂，少女墜落地上，來不及接住她的少年落馬被克雷塔的蹄子踐踏——團長至大至深之愛所描繪出的幻影未能實現。團長靠在椅子上，思考著不幸、命運以及愛。同時，他氣得嘴唇顫抖。

他扔下雪茄，也扔下鞭子。

當他走出帳篷時，近東風格的月亮，已從荒涼的空地、點點散布如芥子般的山頭與黑暗的帳篷聚落之間升起。獅子昂揚的咆哮，如夜空揚起的火把在森林之間迴響。東邊港口的海面，將月光濃密的反射擲向星空。馬戲團的大帳篷，看似溢出轟隆的黑夜逐漸傾斜。

這時三個人影進門朝團長走來。中間高個子的男人是P，他的雙手正牢牢抓住少年與少女的手不讓他們逃脫。

「我把私奔者抓來了。」

「辛苦了——辛苦了。」

「這兩個傢伙躲在港口旁的小旅社，被老闆催繳房租正叫苦連天呢。我早就算準了，不管他們想往哪跑，連搭火車的錢都沒有。」

「嗯哼，辛苦了。辛苦了。」

團長以無法形容的憎恨眼神，湊近檢視這年少的叛徒，卑怯的小人，憧憬著如同小狗懶洋洋曬太陽時那般怠惰幸福的逃亡者面容。但他並未看到小心翼翼抬眼乞求的卑屈表情。他反倒發現了，發現那分明是流亡王子的面影。

留有胭紅殘痕的臉頰，乾燥破皮的嘴唇，枯草般的頭髮，舊手帕般褪色的領帶，不可思議地烘托出沉靜美麗的額頭。他的眼睛閃爍著團長從不知道的——那也是當然的，馬戲團的團長根本不可能逃亡——種種逃亡的記憶。團長覺得逃亡似乎成了一種未知的高貴行為。嫉妒，令他的聲音陰鬱低沉。

「這次就姑且饒了你們。不過下次再敢逃跑就要你們的命。老P，抽這兩人七、八鞭略施薄懲。啊，還有，老P，我還有話跟你說，待會到我的帳篷來。」

僅僅二天休演後，大明星再次站上舞台。

馬戲團擠滿了觀眾。支撐帳篷的十二根大鐵柱甚至如船桅開始搖晃。

他們彷彿一群冥府訪客般文風不動，甚至沒有發出聲音。但當一項表演結束後，便如咒縛解除響起鼓噪。

王子與少女一如往常以默劇的動作行禮致意，然後分往左右。少女去爬繩梯。少年跳上克雷塔。

人們看著克雷塔激動昂揚如火燄，因此開始期待今天的表演或許會比平日更活潑生動。

事件通常具有完美的秩序。比日常生活更完美的秩序。

人們也只是將克雷塔的狂奔視為這種秩序的某種強度體現。

少女開始走鋼索。

少年來到鋼索下，一如往常站在馬背上突然拉扯韁繩命馬停下。這時克雷塔正朝著另一個方向，突然被扯住韁繩令牠鬃毛倒豎，牠噴出粗重的鼻息奮然躍起。

那一瞬間，以後腳站立的奔馬姿勢，令人們看到命運周遭必然會出現的那種裝飾性的華麗安靜。那種安靜，就像是遇到任何鼻酸的事件，在鏡子周邊由巧匠親手裝飾出的古老威尼斯浮雕所能做的，只能默默旁觀。

王子躺臥沙上。頸骨折斷。

樂隊戛然而止。

觀眾一窩蜂湧向舞台。

沒有一個人看她。在大帳篷的高處，晃動的鋼索上走鋼索的少女。

她早就知道了。她從這黑暗的、沒有任何星子滿是破洞的天空，透過香菸與人體熱氣造成的霧靄仔細眺望一切的發生。與其稱為「眺望」，或許該說是「知道」更正確。一旦向下看就完了，因為她不可能不失足踩空。她那嬌小銀鞋的危險光芒，只要再增加一點震幅就好。她應該可以輕鬆擺脫這危險的作業。她應該會落在少年的身體上。

但少女微妙地抖動紗質短裙，依然忍受這痛苦生命的平衡。

她終於走完了。而且這是她第一次全程走完鋼索。互相尖叫推擠的群眾，沒有人看到她第一次漂亮完成的演出。只有團長一個人，站在布幕後被一群沒發現他是團長的人潮推擠，一邊仔細仰望少女完美無瑕的走鋼索表演。

少女站在鋼索另一端的高台上，看著剛走過的鋼索晦暗地動搖不止。這時下方群眾形成的圓圈中央，少年胸口那見慣的紅百合，在一瞬間刺眼地閃出光芒並射向她的眼睛。

少女從台子上伸出一隻穿銀鞋的小腳，彷彿要跨入泳池，伸向這黑暗喧鬧的空間。之後就像是要與那隻腳並攏，另一隻腳也跨了出去。

——毫不知情的群眾頭上，一大束花朵掉落。

馬戲團全體在宛如祭典的悲劇性亢奮中度過一夜後，P一臉得意地來到團長的帳篷。團長正在洗臉，P把嘴巴貼到團長濕淋淋的耳邊迅速說道：

「警察那邊已經順利唬弄過去了。『王子』的鞋底塗了油，以及克雷塔注射了興奮劑的事都沒被發現。」

——團長板著難以掩飾好心情的臭臉，從袋子倒出大量金幣，分量多到P的手心裝不下。

團長拍打著空空如也的袋子說，

「你真是個讓人瞧不起的傢伙。靠這麼棒的工作賺錢，卻能把這份工作弄得這麼卑鄙。」

P露出卑微的笑容。對於那種卑微的笑，團長浮現充滿苦澀共鳴的表情，這是P過去不曾看過的表情，但P並未發現。

「不管怎樣，總之馬戲團表演結束了。」團長說。「我也得以逃出馬戲團。在『王子』已死的現在。」

——這時帳篷外傳來馬蹄聲。

P打開窗子。

晨光中，一頭斑馬拉著板車。板車上放了二具簡陋的棺木，上面以醜陋的字跡寫著王子與少女的名字。後面絡繹跟著女馴獸師、小丑乃至空中鞦韆表演者的隊伍。

團長把手伸進口袋取出以細小黑色緞帶紮成一束的紫羅蘭，就像之前那些狂熱的小學生朝少女的秀髮投擲溶化的牛奶糖，他的手猛然用力，把花丟到二人的棺木上。

昭和二十三年一月《進路》

翼——哥提耶[1]風格的故事

二人經常在祖母的養老地點見面。因為葉子習慣每周去祖母那邊送一次家裡自己做的點心與飯菜，而祖母這邊，也習慣每天要睡四個小時的午覺。

在祖母那裡，只有一個已經老年失智的女傭阿鐵。阿鐵很笨，所以祖母經常開玩笑：「笨蛋啊，端茶來！笨蛋小姐啊，客人要走囉！」用這種方式喊阿鐵。

每到星期六，葉子就會先匆忙返家，然後拿著母親做好的點心或飯菜，在祖母醒來的一個小時之前，像小紅帽般造訪祖母的住處。

那個地方位於可以俯瞰多摩川的高地山腰。只有五個房間，但院子非常大。院子一角的假山上有涼亭，從那邊有一條小徑通往院子的小橋流水，另一條小徑通往院子角落的小門。為了不妨礙眺望河景，假山設在院子的某一方。由於有茂密的樹叢環繞，除非冬天枯葉落盡的時節，否則從主屋只能隱約望見涼亭的屋頂。

葉子在晴朗的日子把帶來的東西交給阿鐵後，來到院子，走上涼亭，又下來打開小門等待。杉男放學後會算準時間從小門溜進來。之後二人會去多摩川散步，或者杉男也進入涼亭和她說話。二人很喜愛涼亭。因為那裡不僅景觀絕佳，又有必須隨時提防被家人發現的危險快感，想要的話，甚至也可以接吻。

杉男是葉子舅舅的兒子。也就是她的表哥。換言之，他等於從出生以來就兼具情人與兄長的身分。

二人在各方面都很相似，經常被人誤以為是親兄妹。相似是一種很甜美的感覺。光是相似，在相似的事物之間，好像就存在了無言的諒解、不用開口也能心意相通的默契，以及安靜的信賴。他們尤其相似的是清澈的眼睛。那種眼睛，就像把汙濁的髒水一一過濾變成清淨飲水的過濾機，不斷淨化了在那裡落下陰影的現世汙濁。不僅如此。這種過濾機面對外界，似乎也不斷供應淨化過的水。若是有一天用這二人眼中流出的水滋潤世界，這世界的汙濁肯定會被一一滌淨。

某天早上，杉男與葉子發現原來二人背對背站在擁擠的電車中。那是上學途中。平日應該不可能碰面，但由於杉男在另一個親戚家過夜，從親戚家直接上學，因此二人在不知情的情況下搭上了同一班電車。時值秋天，空氣瀰漫菊花的氣息。

杉男與葉子，在彼此背上感受到的溫暖，不知為何一點也不像人類肉體的溫

1 泰奧菲爾・哥提耶（Pierre Jules Théophile Gautier，1811-1872），法國詩人、小說家、劇作家。

暖。二人都懷疑自己的背上曬到了日光，那種溫暖彷彿是從遠處射來的一道清淨光線。於是彼此都不想窺視對方的臉。但葉子能感受到對方的背是穿著黑色制服的寬闊背部，杉男能感受到對方的背是穿著水手服的柔軟嬌小的背部。就在這樣的狀況下，二人伴隨擁擠電車內的乘客互相推擠的力量，感到自己的肩膀一帶還有另一種活潑的力量在動作。二人都懷疑那或許是翅膀。被隱藏折起的翅膀，似乎一直悄然屏息。因為，不時強烈相撞的背部，可以感到過度敏感的異常羞恥。如果真的藏起翅膀，肯定是因為這種羞恥。這年頭偷偷擁有那麼崇高的東西，的確是足以令我們羞澀的理由。

二人露出被撓癢癢的那種微笑，因為翅膀好像在背上撓癢。他們第一次扭過身，面面相覷。原來是小葉啊！杉男瞪圓雙眼大叫。好久不見，葉子說。

這對表兄妹那天懶得去學校，二人商量是否該去看場電影。但他們想替這次邂逅留下某種認真的味道，最後杉男傾向去上學，葉子也乖乖聽從。杉男在換車的車站下車後，葉子在那站很多乘客下車而變得空曠的電車內一直走，走到電車車門前，在車門即將關閉的瞬間，明知會被立刻拆散還是匆忙與對方握手。

這天，葉子在英語課遇上了有趣的一章，是威廉・布雷克[2]的簡單評傳。開頭有這麼一段，正巧觸動了葉子的心弦。

幼時，布雷克獨自去原野遊玩。結果，他在某棵大樹的樹梢看到大批天使聚集拍翅。他急忙跑回家把這件事告訴母親。母親不相信，反而責罵幼小的布雷克愚笨無知，還動手打他。

葉子聽著老師的翻譯，同時一再重讀文章開頭的部分。少女產生一個認真的推理。

「對於看到天使一事，年幼的布雷克肯定也是半信半疑。」她想。「布雷克是真的相信那個，且一定是在被母親體罰時。被母親打罵、處罰，一定是相信天使存在的必要手續。像老師這樣只知嘲笑布雷克的母親是不對的。他母親在那個情況

2 威廉・布雷克（William Blake，1757-1827），英國詩人、畫家。

下，只不過是忠實扮演自己的角色罷了。」

這個推理帶有意外的情色暗影。少女期望的究竟是何種處罰呢？

同一時間，杉男坐在教室，對老師的授課充耳不聞，滿腦子只想著睽違數年已長大成人的表妹。他的念頭集中在葉子的翅膀，繞著「她該不會擁有翅膀吧」這個無來由的疑問打轉。渴望看到她翅膀的念頭，從此，再也離不開杉男的腦袋。就結果而言，那等於是看見葉子的裸體，但杉男渴望的是看見翅膀，不是渴望看見裸體。

「她一定有翅膀。」他想。「那是隨著年紀增長產生的，所以連家人都不知道。湊巧，在她到了可以獨自洗澡的年齡後，翅膀終於有了醒目的成長。一定是這樣不會錯。這種祕密想瞞也瞞不了，要不然，我一定會從某個口無遮攔的親戚那裡聽說這個傳言。」

從此，杉男動不動就夢到葉子的翅膀。他夢見裸體少女在微光中，背對自己倚窗而立。雪白的翅膀從她的肩頭垂下如外套般覆蓋背部，杉男一走近，少女明明依然背對他，翅膀卻整個張開將他擁至身邊，雙翼反剪交纏杉男。他痛苦地發出呻吟，然後從夢中醒來。然而他壓根不知，葉子也在心底偷偷相信他的背上有翅膀。

到了明年夏天，可有機會與葉子一起去海邊玩？能夠探觸她的裸肩看看有沒有翅膀的肉芽嗎？我能夠親手碰觸它嗎？但現在還是秋天，暫時不可能實現那個私密的心願。其實杉男還有一個顧慮，萬一在葉子身上找不到任何翅膀的痕跡，他怕自己會不會在失望之下，再也不愛她。

就這樣，二人在經常私會之後，依然沒有吐露自己孩子氣的幻想、心願以及擔憂。一旦說出自己認定對方身上有翅膀的奇妙確信，肯定會招來嘲笑或輕蔑。更重要的是，那種夢想的理由，怎麼可能讓對方接受。就連自己都無法信服那明白的理由……這對表兄妹戰戰兢兢地窺視對方的眼眸深處，在彼此澄淨無比的美麗雙瞳之中，彷彿有一條朝無限的原野彼方延伸的小徑。

……葉子打開小門站在路旁。這是昭和十八年的初夏。這一帶比起市中心，空襲的危險少了很多，因此沒有拆除建築物闢出防火帶以防範火災，居民們也沒有急著去鄉下避難。防空洞是半為好玩才挖的。葉子的祖母家那個在假山側面挖出的堅固洞穴，成了附近鄰居羨慕與嘲笑的話題。因為，看到如此安全的防空洞反而會激發人們的不安。老太太替自己打造了一座納骨堂喔——如此惡意批評的人，正是最不安的人。

葉子站在小門前。短袖的水手服下，她討厭長褲，穿的是褶痕筆挺的裙子。胸口的白色蝴蝶結，被風吹得鼓脹脹的很羞人，而她露出的手臂雪白，幾乎與那白色絲絹的光澤無分軒輊。即便夏日來臨，她的手臂依然潔白如殘雪。

不久，將作業服外套搭在手臂上，身穿纏繞綁腿布的長褲與白襯衫的杉男一路跑下坡道而來。二人冒汗的手掌交握。

涼亭正好被盛開的各色杜鵑花圍繞。有白色，有洋紅色，也有紅白相間的斑紋。承受動靜的涼亭石板倒映杜鵑花低矮硬質的影子，唯有蜜蜂的拍翅聲，聽來猶如沉睡的午後時光發出的鼾聲。待在那裡，實在難以相信自己正身在激烈的戰火下。

二人在船板做成的長椅並肩坐下，望著五月的午後日光中發白的遠方河岸。釣線在空氣中霎時揚起，銀光一閃隨即消失。

「剛才妳看到魚了嗎？」

杉男問。

「沒看到。」

「我也沒看到。那像吸血蠅似的東西肯定是浮標。」

之後二人想像著釣客釣不到魚的表情不禁大笑。笑完之後留下脆弱易碎的玻璃似的沉默。二人都知道這種沉默是什麼。

雲朵在遼闊視野的彼方，如鳶尾花般卷起又舒展散開。空中纜車的黃色座椅，貫穿對岸的綠意，彷彿在等待從天而降乘坐的人卻久候不至，一臉不可思議地懸宕在半空中。隨著戰火日漸猛烈，遊樂園的種種機器已因限電的緣故停止運轉。這是一個異常晴朗的日子，天空蔚藍無垠。東京的天空之所以如此蔚藍，星空如此澄淨，是因為生產不振導致都市的煤煙減少，但不僅如此，戰爭末期的自然美好景觀，恐怕也少不了死者的靈魂在無形之中發揮的助力。大自然因死亡的肥料而益發美麗。戰爭末期的天空如此蔚藍澄淨，想必與墓地的綠意如此鮮豔是同樣的道理？

二人看見的風景，的確籠罩死亡的光輝。河岸石頭的每個影子都帶有那種光輝。而這對年輕青澀的表兄妹，正收起翅膀豎耳傾聽彼此的心跳。就對方心口響起的聲音而言，音調實在太一致，實在太若合符節。簡直像是這地上唯一的生物正在二人之間跳動脈搏。

這時二人在想的是同一件事，但那終究未能說出口，因此二人自然無從得知。杉男是這麼想的：「這個人一定有翅膀。現在正要展翅翱翔。我就是知道得很清楚。」——葉子是這麼想的：「這個人一定有翅膀。當這個人驀然扭頭向後看時，那不是發現有人出現的眼神。而是像小學生經常看自己背後的書包一樣，忍不住瞥向早已見慣的背後雙翼所在之處。那可沒有逃過我的法眼。」

能夠在自己心裡確認這種想法，半是欣喜，半是悲哀。因為，受到愛情那種自在的力量鼓舞，當二人覺得放眼所及的一切風景——從這裡直到那遙遠對岸的河岸——似乎當下皆可飛去時，擁有翅膀反而替那個幻想增添了現實的色彩，互相深信只有對方擁有翅膀的二人，對於戀人可能會丟下自己獨自飛走，他們感受到一種難以言喻的縹緲不定。他們幾乎已可確定，總有一天心上人會從自己的身旁飛離而去。

「我下週要離開東京了。」

杉男說。

「為什麼？」

「我被動員去M市工作。」

「去工廠嗎？」

「是製造飛機喔。」

葉子想像著杉男製造大批翅膀的情景。想必他不得不對工人們展示製品的樣本吧。到時候，他只要展示自己肩頭那對雪白閃亮的巨大翅膀即可。接著可能會被迫做性能實驗吧。到時候，他大概會稍微表演一下飛行吧。他會在空中表演靜止吧。會畫出設計圖吧。就像做衣服要量尺寸，也會測量他的翅膀尺寸吧。但誰也做不出像這對天然翅膀一樣完美的翅膀。他大概會遭人嫉妒吧。他會被迫再飛一次吧。飛翔。於是槍口會瞄準他的翅膀。翅膀被鮮血浸濕，他的身體筆直墜落地上，宛如被射中的鳥，想必會拼命拍著翅掙扎在地上來回打滾半天吧。他大概會死吧。……露出像死掉的小鳥般那種再也不會轉動的認真眼神。

葉子滿心不安地阻止杉男，但她知道那不是她能阻止的。她惶恐不安地詢問下次什麼時候能夠再見面。於是杉男回答，每月有一次休假日，雖然為期短暫但應該可以見面，這個答覆帶給葉子力量。

其實，當初的心願一直無法實現所帶給杉男的遺憾，並不遜於別離的悲傷。夏天還沒到。在這戰局下，就連夏天想去海邊玩一天都無法保證能夠成行。以二人充滿躊躇的關係，杉男終究沒有機會檢視葉子的翅膀。

看到杉男欲言又止的遲疑神情，葉子誤解了。他想提起別的女人嗎？再不然，是要對葉子提出光是想像都覺得羞恥的要求嗎？肯定是這二者之一。無論是哪一種預測，對這純真少女而言都感到很不愉快。少女因此做出憤怒的姿態死不開口。

但杉男說出的話大出意料。

就像要一邊用鞋尖踢石子一邊說話般，他以一如往常漫不經心的語氣說：

「今天去見見祖母吧。每次都有點不好意思，所以沒見她就走了。接下來恐怕有一段時間也無法見到祖母。」

「這是好主意。」少女反怒為喜地說。「就說途中偶然遇到你，所以一起來看祖母就行了。祖母一定會很高興。」

二人朝房子那邊回頭一看，煙囪正巧冒出青煙。是阿鐵在燒洗澡水。每隔一天，祖母習慣在午睡醒來後入浴。杉男這個提議，與這淡淡升上藍天的青煙是否有關，那就不得而知了。

祖母正好午睡醒來。枕畔倒扣著初版的泉鏡花小說，封面是大朵芙蓉花的木版畫，設計得很美麗。祖母披著藍染細格紋大褂，坐在床上會見二人。一旁的小桌上放著鐵頭盔與防空鋪棉頭罩。如果半夜響起警報，就可以立刻在頭罩上戴上鐵頭盔，再次鑽進被窩聽廣播。

「好久沒看到杉男了。一陣子沒見，你都變成小帥哥了。不過雖是帥哥，還是比不上你過世的祖父。你還差得遠呢。和葉子一樣，比一般水準稍微好一點，這樣剛剛好。就像抽籤也是，抽到大吉反而不妥。你們兩個臉上都寫著吉喔。換句話說是吉字標記的臉孔。」

祖母劈頭就開玩笑逗他們。

二人面面相覷，這時，看到杉男與葉子眼中的光芒，祖母立刻察覺，說道：

「咦？你們瞞著祖母，私下交情很好喔。表兄妹談戀愛太簡單太無趣了，我看算了吧。杉男居然會喜歡這種類型，我真懷疑你的眼光。你應該找個像我一樣的大美人才對。不過找遍全國，也找不到第二個像我一樣的。」

被調侃半天的杉男差點落荒而逃，但祖母切了葉子帶來的磅蛋糕挽留他，就在他不知如何開口告辭之際，阿鐵來報告洗澡水燒好了。

祖母先去洗。接著是杉男。然後是葉子。起先葉子不打算泡澡，但杉男要去泡澡，於是她跟著效法。少女即便在這種事出意外的場合也不忘模仿心上人。模仿就是少女的愛情形式，這是她們與中年女人的愛情模式最顯著的差異。

葉子與杉男很不自在地在浴室門口錯身而過。杉男在浴室前面的小房間的簷廊坐下後，仰望漸漸染上暮色的傍晚天空。偵察機小隊歸來的噪音響起。

現在，葉子肯定已脫下那件短袖水手服，在鏡子前面裸露比雪白手臂更潔白的地方。現在她的翅膀八成已被蒸氣沾濕，看似塗抹了閃亮的白漆。她肯定羞澀地收起翅膀，跪在檜木地板上。如果杉男這時現身，她一定會害羞得連翅膀尖端都染上微紅。

杉男總覺得，這或許是一生之中最後一次能看到葉子翅膀的機會。他很焦急。於是他起身走到浴室前。這時年輕人又遲疑了一會，在走廊來來回回嘆息自己的缺乏勇氣。

毛玻璃門被蒸氣弄得漸漸發亮變成乳白色，那個顏色說來正是清晨的湖水色。門內傳來宛如漣漪舔舐湖岸的熱水聲。少女終於從浴缸起身。她不知半透明的門扉隱約浮現自己暈染金色的裸體輪廓，兀自快活地扭動身體擦乾肌膚。杉男默默望著那嬌小肩膀的動作。朦朧的蒸氣令輪廓模糊難辨。宛如白霧，又好似幻翼，懸宕在那稚嫩的肩膀一帶。杉男堅信自己看到了翅膀。

*

……之後將近一年的時間，杉男都沒有機會看見葉子的翅膀。連見面的機會都無法奢望。但相愛的二人，不斷魚雁往返。這對表兄妹許下愛的誓言，許下未來的誓言。事實上，他們一直在發誓。總覺得只要用二人純真的誓言填滿這不安的世界與時間的擴張，便可如同用石灰一一固定紅磚般，打造出將來居住的快樂、堅固的家。二人沒別的能力，所以只能對著種種不安不斷拋擲言詞。就像遭到殲滅的蠻族人口吐咒語，他們試圖相信這無用的誓言咒力。

翌年三月的空襲，葉子死了。她的學校因協助軍方相關事務讓學生前往市中心的大樓，就在通勤的路上，她被炸彈炸死了。

當時葉子與三名友人結伴同行，只有她一個人穿著一如既往的筆挺百折裙與短袖水手服，走出市中心附近的車站時，忽然響起匆促的警報。三名友人立刻衝進附近的防空洞。葉子不知為何卻落在後面遲疑不定。友人們自響徹防空洞的爆炸音中呼喊葉子的名字。終於現身的她，橫越已經空無一人的明亮閑散街道，就在她正要筆直衝進防空洞時，在距離防空洞只剩二十公尺之處，自身後遭受炸彈的衝擊。

葉子的頭顱不見了。無頭少女跪倒在地，在奇異力量的支撐下並未倒下。只有雪白的雙臂，宛如翅膀一再激烈地上下拍動……。

杉男聽說之後悲痛不已。他等著戰爭殺死自己。但一如大家都活著，他也活了下來。他已大學畢業，現在是某家穩健的貿易公司職員。

杉男做夢也沒想到葉子深信他的肩頭也有翅膀。但他的確相信葉子有翅膀。葉子的死已證明了那個。

某天早晨，杉男走下家門前的陡坡，在暖暖春陽中朝著電車來往行駛的大馬路邁步走去，路上感到有人把手搭在自己的肩上。他轉過身。沒看到人。他試著摸肩膀。什麼也碰觸不到。但從這時起，肩膀就有異樣的重量壓著。他狐疑地轉頭，扭轉肩膀，再次邁步。

這是他第一次察覺自己的翅膀。但他並未發現那個東西是翅膀。忙碌的其他人當然更不會注意到。於是這個忠實勤勞沉默寡言的青年，一邊為異樣的肩膀痠痛而苦惱，一邊背負著毫無用處的巨大翅膀去上班。那是徒勞。他自己還被蒙在鼓裡，每天早上拖著那雙翅膀去公司，又拖著翅膀下班回家。他從來沒拿刷子梳理過，因此翅膀像標本的羽毛一樣髒兮兮變成灰色。

垂翼而去，垂翼而返。杉男看不見到底是什麼在他身上強加這種徒然渴求的努力。要是沒有這對翅膀，他的人生或許至少有七成可以更輕盈。畢竟翅膀並不適合在地面步行。

春天到了。昨日他已脫下外套。

雖然脫下外套，但沉澱在肩頭的酸痛並未消除。

事實上，怒張的無形翅膀在他的肩頭，宛如老鷹棲息，莊嚴凝視著他的側臉。

——杉男不知那雙翅膀已在無言中妨礙他出人頭地，難道就沒有人能夠教教他如何脫下翅膀？

昭和二十六年五月《文學界》

離宮之松

位於西銀座七丁目的鰻魚屋「萬貴音」，這天自四點起有人預約二十人的宴會。那個人數必須把二樓的二間包廂打通才可勉強容納。在這間餐廳，像這種人數眾多的宴會，十天能有一次就已經算是很好了。店員們等午餐的客人離開後，立刻開始著手準備。

暴躁易怒的睦男放聲大哭。睦男是老闆娘到了這把年紀，這才終於想起自己忘了什麼似地生下來，年僅一歲多的獨生子。「萬貴音」是新開的餐廳。夫妻倆並沒有另找住處，而是和員工一起住在店內，所以像今天這種生意忙碌的日子，嬰兒的哭聲實在令人受不了。於是老闆娘吩咐保姆美代把孩子帶出門等天黑再回來，還給了她一點零用錢。

美代現年十六歲。她的身材嬌小，所以看起來只有十四歲左右。她生於千葉縣的銚子，被東京的叔叔嬸嬸收養，在叔叔死後一家家計陷入艱難之際，被「萬貴音」雇來當保姆。

美代穿著手織的紅毛衣與深藍色長褲，紅襪子套著涼鞋，用老闆的黑色皺綢舊腰帶把一歲的睦男綁在背上。

這是三月晴朗的一日。

美代思考著該如何利用老闆娘規定的時間。她很想看某部電影，結果去四丁目的常設戲院一看，電影放映到昨日為止，現在已改映別的片子了。

美代悠然沿著銀座的大馬路一直走到八丁目的末端。今天風也很溫暖，是今年第一次感到春意盎然的午後。在這一再出現倒春寒同時春意漸濃的時節，總讓人手腳冰冷，唯有臉孔不自然地發紅發熱。美代一邊說，

「你看，小睦，是手提包喔。」

「你看，小睦，是蛋糕喔，看起來很好吃吧？」

一邊以指甲輕彈每間商店櫥窗的大片玻璃，就像在逐一施咒般走過。她在路邊攤的成堆商品裡買了彩色糖豆、口香糖還有巧克力。但她只把一小塊巧克力塞進睦男嘴裡，剩下的巧克力全被自己在眨眼之間吃光。

睦男出門沒多久就不哭了。他只是在美代的背上不時咿咿呀呀自言自語。他只會說「母」或「啊」或「媽麻」。心情好的證據，是他會不時舞動雙腳，或是把小腳丫踩在美代的腰上用力蹬。心情不好時他會拿手指拉扯美代的頭髮，其他時候

他只會輕輕把玩她的頭髮。那反而令美代很癢。

美代感到這孩子一天比一天重。纏在肩上的帶子，好像一天比一天勒得更緊。想到今後到底會變得多沉重，她就一陣心慌。如果抱在膝上打量，只是個可愛的小寶寶，但是揹在身上時簡直像是另一種存在，美代當然可以忘了背上的孩子思考別的事情，但她總覺得不管自己在思考什麼，這個「重量」，好像一直混雜在思緒中。

她來到行人寥落的河邊街道。街道上來往穿梭的多半是汽車與自行車，車影快速滑過後，留下大片被日光照亮的淺灰色道路平面。美代想，如果自己現在有粉筆，就可以在那路面上畫出囉嗦女管家的那張嘴臉，讓卡車狠狠碾過去。

橋邊累積塵埃。一束看似蘿蔔葉的物體，自那塵埃中露出活潑的綠色。經過旁邊時，飄來河水的氣味與塵埃混雜的陰暗沉靜的氣息。美代想起墨汁的氣味，想起書法課的時間。

她橫越昭和大道。但她並沒有先左右確認有無來車才過馬路。背上那個孩子的母親如果親眼目睹這一幕八成會膽戰心驚，但這個在都市打滾已變得世故老練的小保姆，深信汽車本來也只是人類駕駛的機器，所以對方一定會主動閃避行人。她就像走在原野般，低聲哼唱著流行歌，一邊搖晃背上的小孩，半夢半醒地穿過那車潮如織的大馬路。

汐留車站的古老蒸氣火車在道路前方的軌道出現了。長長的煙囪斷續冒出黑煙，是異常高大的蒸氣火車。不情不願地被火車頭牽引的四、五節貨車車廂，暫時阻擋了小保姆的去路。

……貨車駛過後，眼前是濱離宮公園毫無起伏的整片森林景觀。美代忽然想打呵欠。

「啊，真是春意盎然的好天氣！」

*

美代買了門票走進濱離宮公園。放眼所見皆是枯草鋪地的庭園。只要是微帶青色的尖銳嫩芽帶狀區，皆可看到灌木叢旁有年輕男女休憩。草皮周圍有籬笆環繞，所以看起來簡直像是放牧人類的牧場。這才想到，這些裝扮不太起眼看似上班族的人，即便偶爾動動身體，也像牛那種動物一樣懶洋洋。

美代看到每個女人的背上都沒有嬰兒。這並不稀奇。即便走在銀座大街上，也很少見到有人揹著小孩。也因此，美代對自己的模樣感到萬分可恥。不僅如此。公然背負這樣的沉重包袱，好像終究無法得到一般人的幸福。

她看到黑色的門柱，門內有兩三株梅樹綻放著零星的白花。許是只有那雙眼睛可以透過擋住視野的樹叢清楚地看見港口的情景，只見古代天皇的青銅雕像凝然注視海上的方向。

美代想起自己在很久以前——季節與時間已想不起來了，總之曾經想過爬上這座銅像。這麼一想，現在忽然好想爬上去。青銅台座並不高。只要爬到那裡，之後一腳踩在雕像微微向前伸的膝上，便可抱住天皇的頸子。

「小睦，可以吧？」她對背上的孩子說。「我現在要爬上這座銅像喔。沒有人看到，所以應該沒關係吧？你可要乖乖的。一點也不可怕喔。」

嬰兒一逕沉睡沒有回答。

美代四下張望。這一區正好等於是芳梅亭這個出租宴席廳的前院，占據了兩地的中間，也就是緊靠公園門內的大片草皮庭園，與以池塘為中心的海邊後院的中間。這裡的碎石子地無人休憩，幸好現在也無人來往走動。

美代微微吐舌。

她在銅像的後方脫下涼鞋，手搭在台座上開始一鼓作氣攀爬。嬰兒的小腦袋差一點撞上天皇佩劍的邊端。銅像上面有白色斑點，用手一摸，早已乾燥的白斑立刻破碎，好像是海鷗拉的屎。她抓著劍柄，終於把腳踩在銅像膝上時，差點手一滑。美代站在銅像膝上，穿著紅毛衣的手臂環繞天皇的脖頸。銅像的觸感，透過衣物冷入骨髓。但小保姆很滿意這麼虛無的擁抱，她撫摸那濃密的青銅鬍鬚，撫摸青銅的雙髻。醒來的睦男在她背上開心地蹦跳，差點令她失去重心。

從後院走回來的一對男女，看到這異樣的情景，當下呆立原地。

「天啊，好危險。」

女人說著，用披肩蒙住臉。

「噢，真活潑！」

看似上班族的長臉男人，刻意以美代聽得見的誇張聲調大喊。

美代想下來了，臨要下來時，驀然想起，朝天皇的雙眼凝視的方向扭頭看去。樹叢彼方，果真可以看見水平線，可以看見港口。有白色的外國船停泊在靠近外海的地方，那是巨大美麗的船隻。

船身映射日光，雪白晶亮宛如方糖。在那一帶，悠然浮現兩三片雲朵。美代以前在學校的午休時間，也曾與朋友坐在崖上伸長雙腿，停下吃便當的手，眺望這樣巨大的外國汽船不時行過故鄉銚子的外海。

美代粗魯地從台座跳到碎石地面。她的腳底，壓根感覺不到碎石子造成的疼痛。睦男咻地發出像噎到似的聲音後，忽然響亮地咯咯大笑。跳下時的衝擊，使得綁嬰兒的腰帶鬆了。美代套上涼鞋，一邊重新綁緊帶子，一邊朝海邊奔去。

跑過遼闊的池邊，跑過小橋。小小的水門那頭就是港口。矮松連綿的堤防下方是石牆，那裡有漲滿的潮水蕩漾。

美代氣喘吁吁。龜裂的臉頰，比平常紅了十倍。沒表情的眼睛，直視港口風景。她的嘴角倏然浮現微笑，被老闆娘一再警告也堅持塗抹口紅的乾裂小嘴唇，開心地扭曲。

美代在矮松旁的枯草地坐下。周遭全是情侶。有一對男女像在唱歌劇，男的伸長手摟住女的肩膀，對著大海，低聲吟唱二重唱。也有男人懶散地橫臥在女人的膝上，讓女人拿髮夾替他掏耳朵。

美代就這麼茫然呆坐，吸吮彩色糖豆時，總覺得周遭的男男女女好像都在注意美代的背後。

「哇，好可愛。」

掏耳朵的女人說。

「嗯？」

男人眯眼瞥向海面，漫不經心地回應。

「好可愛的寶寶。」

「嗯——」

男人敷衍地哼了一聲，翻個身，再次閉上眼，同時說道：

「這次換右耳。」

其中，也有彷彿受到種種情緒譴責，以含淚的眼神凝視睦男的男女。睦男只是開心地哇哇亂叫。大家注視的是睦男不是自己，令美代鬧起彆扭，她走到石牆的末端，在那裡坐下。雙腳在汙濁的海水蕩漾的上方晃來晃去。

這時，一艘馬達快艇從黃色的冷藏公司後面濺起白浪駛來。隨著快艇逐漸接近，艇上乘客的臉孔也映入眼簾。一個是紅臉，另一個人很瘦，都是很年輕的美國大兵。紅臉的那個坐在駕駛台上，不時還發出聽起來像是「嗐呀——嗐呀——」的叫聲，在離岸邊十公尺之處，時而讓快艇繞圈子，時而畫出危險的Z字型。美代很感興趣，發出經常被女管家斥責的響亮笑聲，拍手鼓掌。

不知是否聽到她的掌聲，快艇驀然調頭對準這邊駛來。轉眼已靠近，在石牆的階梯沒入水中之處，快艇任由引擎空轉，打橫停下。

「嘿，嘿，come on。」

這次是美國大兵拍手。得知那是對自己發出的信號，美代吃驚地站起。美國大兵朝她招手，臉上是柔和的笑容。

「噢，baby，come on。」

大兵喊的不是美代，結果又是她背上的嬰兒。嬰兒伸出沾滿口水的小手掌，拍打美代的臉頰。

「現在就過去！」

美代不知哪來的勇氣硬著頭皮如此大喊。對此，她有種對方撇下周遭情侶，只邀請自己一人的驕傲。她在石階上踩響涼鞋的木頭聲，一口氣衝下去。長滿金毛的大手，抓住美代的手腕扶她。美代坐進駕駛台後方的座位，一邊思考剛才在美國人的手腕看到的金色手環。

「外國人連男的都戴手環嗎？太帥了！」

那個年輕的大兵，轉身遞給她一包巧克力。是那種價格昂貴平時絕不會買的巧克力，裡面還包著蜜漬果乾的大包裝。美代決心不給睦男，自己私吞，一邊當著外國人的面說：

「小睦，你開心了吧？你看，人家送了好東西喔。」

她沒撕下包裝紙就往嬰兒嘴裡塞。嬰兒覺得難吃，皺起小臉左右閃躲。

年輕的大兵一再扭過頭朝睦男擠眼睛，甚至忍不住把毛絨絨的大手伸過來摸睦男的下巴，嬰兒嚇得哭出來，這下子外國人不敢再伸手了。

對岸是東海汽船的棧橋，停泊著開往大島的橘丸號。當快艇在那附近停下時，兩三名船員在甲板上揮手。美代半抬起腰，揮舞小手帕回應。

快艇似乎打算在港內散步。

逐漸遠離岸壁後，它像閱兵般雄糾糾氣昂昂地穿梭在許多停泊的船隻之間前進。來到海上，才發現太陽已西斜。海上的汽船看似發光，肯定是因為西斜的日光照耀。外海還有一艘看似軍艦的船隻如黑色城堡浮現。只見它正像安靜緩慢的火災冉冉冒煙。

每艘船在美代看來都很稀奇。有一艘塗了橘漆的貨船，它在海上伸出綠色起重機的吊桿前端，掛著鮮紅的鉤子，看起來格外鮮明。再看看老朽的貨船，每一艘都寫有日本船名。美代看膩船隻後，視線一轉，瞥向自己剛才坐的石牆那邊。

堤上的人影看起來只是零星的小黑點。一整排矮松看起來也只是剛冒芽的小草。從水門起隨著間隔，堤防越來越高，從那一帶起松樹也越來越高，到了頂端處，是一棵華蓋亭亭的松樹。

松樹順應海風，微微朝陸地傾斜。枝葉也明顯朝向陸地，因此反而看似果敢對抗大海。日光明晃晃地照在那棵松樹的樹梢，枝椏之間就像放了一把火似地閃閃發亮。

美代想起來了。

就是這棵松樹。今天雙腳自動走向濱離宮公園，肯定也是受到這棵松樹的誘惑。

那是大約半年前的某個秋日。和今天一樣，店裡有大批客人預約。她揹著睦男，第一次來到這個公園，就這麼四處走動直到傍晚。天黑之前她懶得再動，於是就在那棵松樹下席地而坐，眺望船隻與棧橋亮起星星點點的燈火。

一個穿休閒外套的年輕男人站在眼前的堤防邊看著港口，不時彷彿想起什麼似地，撿拾石子丟向大海。他那大馬金刀的背影，徐徐成了剪影，只有抹了一大堆髮油的後腦勺油光水亮。看著看著，美代漸感氣悶，忍不住好奇。她很想朝對方喊一聲：「你在做什麼？」也想過如果默默從男人身後把他推到海裡，不知會怎樣。

最後，男人吹著口哨終於邁步走出。他背對美代，就這麼朝另一頭走遠了。美代至今仍清楚記得，當時自己有多麼不滿足，之後年輕人不知想起什麼忽然又轉過身，當他發現美代的身影後快步朝她走來時，美代自己的心跳又是多麼劇烈。

男人看似二十五、六歲，膚色白淨，看起來是個大帥哥。他露出有點膽怯、半帶惡意的笑容，如此問道：

「小姐，妳在做什麼？這個時間，怎麼待在這種地方？」

「什麼也沒做。」

「當保姆嗎？妳幾歲？」

「十三晚上的七時新月[1]。」

「哼，黃毛丫頭的架子倒是不小。」

說著，年輕人在美代的身旁坐下。

「妳是哪裡人？」

「銚子。」

「咱們真有緣分。我也是銚子人。」

「那麼老套的招術，我可不會上當。」

其實美代並不習慣這種應答。毋寧堪稱她有生以來頭一遭。但她以前在哪聽過這種話，早就事先想好了如果有男人這麼說時該怎麼回答，而且這樣的台詞不止兩三句。

……之後二人東拉西扯地閒聊。年輕人稍微挪動靠過來。美代被抓住肩膀，幾乎向後倒下，好不容易才用力直起身子。

「你要幹什麼！還有嬰兒在呢！」

美代在夕暮中拔腿就跑，跑了一陣子才回頭。男人並沒有追來的跡象。

當時美代氣喘如牛，一邊牢牢撐扶著背上的嬰兒奔跑。若說有什麼依靠，再沒有比當時更依賴背上的睦男。再沒有比睦男更大的心靈支柱。讓她倖免於難的堪稱是這小小的嬰兒。

但她又想，自己無法坦誠接納那個男人，肯定也是因為這個嬰兒。不管最初的起因是什麼，本來這時的美代說不定已成為那個男人的妻子，過著幸福的生活。美代長得不算醜。但，許是因為看起來太孩子氣，像男人那樣積極對她出手的，無論

1 出自童謠「月亮姑娘幾歲？十三夜，七時，尚年輕」。陰曆十三的午後七時（約下午四點）月亮才剛出來，意指很年輕。

之前或之後，到今天為止就只有那一次。從此，美代一再夢見那個年輕人。

……美代從快艇上定定看著夕陽照耀的松樹。她想再見一次那個男人。不，男人現在正在那樹蔭望著這邊，等待美代。她想像如果不現在趕去，男人大概就要走掉了。

「Come back! 士兵先生，Come back!」

美代像瘋了似地，大吼以前聽過的英語。

年輕士兵瞪圓雙眼轉過頭，看到小保姆頻頻指向岸邊的指尖。

「OK!」

他說。快艇折返剛才的堤防時，美代不停地說Thank you，但是隨著松樹逐漸清晰可見，她非常悲傷地發現，樹下並沒有她想像的人影。

快艇抵達。走上堤防。朝遠去的快艇揮舞手帕。美代的心完全被那棵松樹占據，快艇上的人不停揮手只讓她覺得很煩人。

美代來到那棵松樹下，甚至想起當時自己坐的位置。現在雖然沒有開花的秋季植物，卻有略帶青色的小草。夕陽將松樹的樹幹染成磚紅色，她將一邊肩膀倚靠樹幹，伸長雙腿，陷入緘默。

*

……睦男睡著了，過了一個多小時。海面上流淌著夕陽那千根蠟燭的蠟油。停泊的船隻，許是因為天黑得早，已亮起綠色的船燈。外海的巨船隱沒在暮雲中。起初在那光輝中，之後在那微明中，最後，隱沒在那黑暗中。

潮水漲到石牆上，發出宛如啐舌的聲音。帶狗來散步的人，狐疑地伸長脖子窺視小保姆的臉。因為她的姿勢看起來就像電影經常出現的那種倚樹死去的女人。

天色暗了之後，開始變冷了。美代把還留有整個冬天凍瘡痕跡的雙手在膝上摩擦。嬰兒在她的背上，整個腦袋向後仰，張著小嘴呼呼大睡。美代對此毫不在乎。這個小保姆，壓根沒把嬰兒放在心上。她心裡想的，只有那個連名字都不知道的男人。

海面上方的天空猶有一線橙黃。公園已到處亮起戶外照明燈。

美代聽到踩踏滿地松葉的聲音。她睜開眼。叼著香菸的男人站在眼前。那男人身上的那件外套很眼熟。

「哎呀，你果真來了。」

美代一口氣說出之前就想過等男人來了一定要說的話，站起來的雙腳不停顫抖。她用雙手蒙臉哭泣。

男人慌了手腳，舉止之間似乎很害怕被女人糾纏。微光令女人的臉看似透明。他想不起她是誰。

「妳怎麼了？小姐？」

男人一邊說著一邊戰戰兢兢把手搭在美代的肩上。美代肩膀一抖，動作像是要把肩膀嵌入男人的手心。

「我好想你。」

「啊。」

「因為，我愛你。我，非常愛你。」

「啊——」

男人似乎以為她是花痴。在美代抽泣著說出半年前的事之前，他當然只能這麼想。他把菸蒂用力丟向海裡，於是他想起當時自己丟石子的姿勢。

「我想起來了，妳是上次那個小姐啊。別嚇我好嗎？光線這麼昏暗，忽然被人撲過來抱住，誰認得出來啊。」

「你沒認出我？是我不好。」

男人在美代的身旁坐下。一陣沉默。如果男人現在又毛手毛腳，美代想，這次一定扔開睦男，絕對不會再逃走。但男人始終保持沉默。美代從口袋取出口香糖，遞給男人。她只往自己嘴裡扔了兩粒，剩下的全都塞進男人的口袋。

「小姐，妳幾歲？」

男人又問出和上次一樣的問題。

「十六歲，實歲。」

「嗯——」年輕人似乎不知如何繼續聊下去，最後終於找到一個安全話題，開朗從容地發話了。他說起的是嬰兒。

「好可愛的寶寶。多大了？」

「一歲，實歲。」

「是男的還女的？」

「男的。看他穿的衣服也知道嘛。」

「去那邊讓我看看他的臉。」

二人在燈下的大塊花崗岩坐下。

「喂，喜歡叔叔嗎？喜歡叔叔嗎？」

男人笨拙地哄嬰兒。嬰兒做出憤怒的表情，心情卻很好，在美代的背上用力打直身體。

「真想要一個這樣的。」

「你真的想要？」

「真的想要。」

美代本想說，那我替你生，卻又作罷。

這時，一個女人走上堤防後面的道路。女人在池畔稍微駐足，四下張望，看到男人後，她以彆扭的做作步伐走上石階。那是不習慣穿高跟鞋的女人特有的步伐。

「讓你久等了。抱歉。」

女人如此說道。目光迅速移向睦男，彷彿眼裡沒有美代這個人，

「哇，好可愛的寶寶。」

她說。

美代仔細打量女人。女人穿著外套所以看不出身材。淺黃色的外套很新，胸前別著巨大閃亮的金色胸針。長相普通，沒有特別值得一提之處。勉強要說的話，眼睛太小是個缺點。不過女人雖然妝化得很濃，看起來卻像個好人，顯然也是拜小眼睛所賜。更令美代絕望的是，這個女人背上也沒有揹著嬰兒。

「這個人在等的不是我。」

男人與女人交談時，這句話在美代的心裡重複了一百遍。不可思議的是，她並未落淚。她想，今晚鑽進被窩後大概會大哭一場。然後她堅強地擠出笑容。美代在電影看過很多次這種場面。

男人像要替二人打圓場似地說：

「對呀，真的是很可愛的寶寶。要是能生個這樣的小孩就好了。」

「我也想要。我好想要一個這樣的男孩。」

女人以誇張的動作貼臉摩挲睦男的小臉。

美代不自在地問：

「你們兩個，沒有孩子？」

「沒有。我雖然想生，但一直生不出來。」

「我也想要一個這樣的兒子。」

美代濕潤的眼睛瞪得更大。她內心已有一個雀躍的計畫。既然如此，索性乾淨俐落地退讓吧，祝福這二人，自己默默死心吧，只要這二人幸福就好……。美代能夠贈送的禮物只有這個。但是，如果她直接說出來一定會被拒絕。美代想到一個小計策，她聲稱肚子痛要去一下廁所。廁所在池塘邊，距離這裡約有一百公尺。

「我去廁所時，幫我看一下這孩子好嗎？」

「好，妳去吧。」

女人親切地說。美代解開帶子，把寶寶輕輕放到坐在石頭上的女人膝頭。嬰兒沒有哭。

「妳還好吧？要不要吃藥？」

「沒事，不好意思。」

美代轉頭，朝男人投以一瞥。男人正垂眼抽菸，他的鼻梁在路燈下發光。

美代沿著池邊道路匆忙跑開。

*

美代跑過廁所，趁著還喘得過氣，盡可能繼續奔跑。她的肩上已沒有任何重擔，變得輕盈的身體，恍若別人。一旦停下腳步就會遲疑。她必須盡可能奔跑。

美代一邊跑，一邊聽到響徹背後整片夜空的汽船笛聲，以及寂靜中池塘鯉魚跳起的聲音，還有林間夜梟的啼聲，遠處汽車的喇叭聲。

她疲憊地走了一會。頓時悲不可抑。再也見不到睦男了，再也不能回店裡了，但她一點也沒有做了壞事的感覺。現在，睦男就好像是自己和那個不知名的年輕人生的私生子。

當她走出公園大門時，門衛驚訝地目送這樣的少女踽踽獨行。之後美代走向截然不同的明亮雜沓中。此刻她的心情激昂，很想放聲大笑。

「和大家一樣。一點也沒有與眾不同。我的背上已經什麼都沒有了。」

美代想去盡可能遠離「萬貴音」的地方。她抬頭挺胸地搭上都營電車。

在電車的車廂內，乘客寥寥無幾，明亮得可悲。車掌來剪票。

「坐到終點！」她說。到了終點之後，她想，再換乘別的路線就行了。

昭和二十六年十二月《別冊文藝春秋》

猜字謎

週日只有一、兩組客人的日子，抱怨無聊的服務生們，令休息室非常熱鬧。有人下將棋。有人在旁觀戰，動不動還要插嘴下指導棋。也有人埋頭沉迷於說書話本或情色小說。其中，唯有一人不時像想起什麼似地啜飲快要冷掉的粗茶，一邊沉著臉把手放在火盆上方取暖。

這麼一說，或許會想像他是個老人，但並不是。他很年輕，距離三十而立還很遙遠，而且，在場的五、六人當中，他算是格外英俊的美男子。有些人的美貌光是身為美男子就會不容分說地招來別人的反感，此人的五官，多少也有點那種嫌疑。經常抹上大量髮油梳得服貼整齊的頭髮，極少變化的表情，尤其是像要刻意向人炫耀似的俊俏側臉，以及那有點飄忽不定的眼神，都讓他看起來遠比實際上更像個風流浪子。

現在熱中下棋的二人，直到剛才，還在揶揄這個男人，揶揄夠了才開始下將棋，他們之所以揶揄他「一定憋得很難受吧」、「再忍一忍就好了」是有原因的。他在同一家飯店餐廳工作的妻子，因為生第一胎回鄉下去了。

看膩話本的人，伸懶腰順帶打呵欠，導致服務生的制服往上滑，連吊褲帶都露出來了。他看著窗子，曬衣場被早春的雨水淋濕。

美男子推開椅子，向朋友敬菸。二人的年紀差不多，對於別無朋友的美男子而言，此人幾乎堪稱是他唯一的朋友。但即便對這樣的朋友，他也很少剖心置腹地談話，朋友收下香菸後，不動聲色地問：

「我好像還沒有詳細問過你，你為什麼會娶現在這個老婆？」

會這麼問，是因為朋友認為現在正是恰當的機會，也是難得的機會。

朋友之所以問他「為什麼」，其實頗有深意。即將生下頭一胎的妻子，即便放在餐廳眾多女服務生之中，外貌也很不起眼。

毋寧可以稱為醜陋。

美男醜女的夫妻檔，在世間並不罕見，但美男子過去向來手腕高明，因此這點令他的朋友頗為納悶不解。

美男子服務生在火盆上方垂首半晌，並未回答。他拿了長火筷把兩三根插在灰燼中的菸蒂夾起並移往別處。最後彷彿終於下定決心，如此說道：

「好，那我就告訴你一個人吧。這一年來，我一直沒對任何人說過。」

——他的故事是這樣的。

黃道吉日的那晚起，熱海會特別熱鬧。尤其是秋季至春季之間婚禮眾多的季節更是如此。向來大搖大擺走在中心街的情侶，遇上一看就知道是新婚夫妻的一行人，往往會不自覺地讓路給對方，並不只是因為羨慕與不好意思。那就像在販賣昂貴玩具的店前蒙住小孩眼睛的父母，露水姻緣的情人也同樣費盡心思不讓女人往那邊看。

否則，女人肯定會在一個小時之內提起結婚的話題。女人提出結婚的話題，就和男人提起工作的話題一樣，聽來並不愉快。畢竟這二者都是太過專門的話題。

三年前這家位於山腹的飯店解除了占領軍的接收，在我受雇當服務生時，也曾滿心羨慕地看著這大批的新婚夫妻。但是過了一年後，這種心情已改變。我開始用另一種眼光看待。

男人多半在肩上掛著新型相機。戰爭結束過了兩三年後，身上穿戴的帽子與西裝、外套、鞋子都是新買的人已占了大多數。女人有的穿著大衣，手臂搭著沒掛到肩上的披肩，保持傳統風格；也有人一身最新流行的帽子與洋裝、手提包，各式各樣都有。如果遇到持有同款手提包或帽子的同性，這樁恨事想必會在蜜月旅行的追憶中保存最久。不可思議的是，即便別的衣物不是新的，至少旅行袋大抵都是嶄新的。大概是趁這機會選購一個過去不怎麼用得到的旅行袋，以便今後派上用場。

他們頻頻在飯店的庭園及石階上拍照。那個姿勢，彷彿在事先測試自己在回憶中看起來會是什麼樣子。

那是多麼雷同的微笑，雷同的害羞，雷同的幸福啊！我因此醒悟人類的野心就是渴望在云云眾生中出類拔萃，但幸福卻是渴望與眾生相同。

到了春天，這種氾濫街頭的規格化產品尤其令我憂鬱。那倒也不是獨身者的憂鬱。以我的條件要找個女伴簡直輕而易舉，若我想結婚明天就可以結。

我在飯店負責的房間是三樓的一號——也就是三〇一號房，至三一〇號房。三樓的每個房間都有一個白漆欄杆環繞的陽台。站在陽台上，可以將眼下的熱海市一覽無遺，那種景觀就像流向大海的房屋形成的洪水。正因是洪水，所以格外混濁，而瓦片與木片這些大量漂流物，互相推擠流入海中，在某一瞬間永遠靜止，就此形成了熱海市。

右方可以看到魚見崎，以及繞行那海岬前端、且汽車會行經而過的觀魚洞，還有環抱海岬對面那個錦浦的更彼方的海岬。說到景觀，還是這家飯店最好。因為位於車站後面的九十九轉坡的坡頂附近。

早上出發的客人離開後，我會去打掃那些房間。陽台非常明亮，鐵欄杆在腳下形成鮮明的影子，俯瞰庭園，日晷指向上午九點。日晷周圍一叢叢的春蘭已半是荒蕪，像剛睡醒的頭髮一樣蓬亂。

我喜歡在天氣好的早上，把客人離開後的房間打掃得乾乾淨淨。我輕哼著歌，伸拳輕敲一邊呵氣一邊擦拭的鏡子。我會對鏡子這樣說：

「喂，你昨晚看到了什麼？給我老實招供！」

我打開衣櫃，櫃子裡很明亮，內面木板的紋路美麗浮現。通常也是在這種時候，我會在積了塵埃的一角發現不像話的東西。

也曾發現床鋪留有女人身上的香水味。我將臉埋在床上好一會為之陶然。

也曾有女人的頭髮落在鏡前。我用自己的手指捲起那髮絲，呆立片刻。

你問我會不會嫉妒那些新郎？沒那回事。這種類似女人餘香的東西，向來由我一人獨占。我總會想像是自己的女人剛剛離開。那個圓臉的女人，瘦臉的女人，豐滿的女人，修長的女人，她們好像都曾是我的所有物。至少，關於在我負責清掃的房間住過的女人，我覺得自己連她們背上哪裡有黑痣都一清二楚。最好的證據，就是大多數女人在臨走時，都會朝我投來一瞥，彷彿在說：「那件事要幫我保密喔。」那正是她們無意識的視線犯下的第一次不貞。

……事情是發生在去年一月底的週六。

那天是週六，也是黃道吉日，東京好像到處都有人舉辦婚禮非常熱鬧。飯店從一週前就已預約額滿。客人通常是喜宴途中離席趕來開房間，但東拖西拉之下，快的話也是十點抵達，慢的話會拖到最後一班電車的時間。在這個時間之前就到的，大多是喜宴以茶會方式打發的簡便客人。

十一點半抵達的車子，從車站爬上陡坡。紅色的車尾燈流暢地沿著碎石子路而來，那條在夜風中沙沙作響的灌木叢所圍繞的玄關碎石子路。

只剩三〇一號房的客人還沒到。我下樓去服務台，走出玄關替客人開車門。今晚戶外相當冷。

下車的男人是隨處可見的企業家那一型，焦茶色外套搭配細格子紋圍巾。因為飽啖美食有著事事慵懶的體型，是個五十五、六歲的無鬚男人。隨後，從車子走下一個身穿黑色阿斯特拉罕羔皮外套的女人。

我聽說，真正的阿斯特拉罕羔皮，好像比世間女子視為奢華範本的貂皮更昂貴呢。

女人的外套領子如海芋花瓣包住脖頸，因此她的臉孔就像被放在黑色背景前格外鮮明。先下車的男人頭也不回地大步向前走。在女人想下車時，外套勾到車門的鉸鍊。我立刻察覺，替她解開。女人嫣然一笑，說聲謝謝。

玄關前當然有燈光，也有門燈，但沒有打橫停靠的車旁很暗。我看到嬌笑的女人牙齒隱約發出白光，我心想，這人的牙齒可真漂亮。

女人立刻趕上男人。我鞠躬如儀拎著旅行包，帶二人前往三樓。男人好像是汽車公司的高級常務董事。

三〇一號房未必是最昂貴的客房。但比起擁有二個房間的二〇一號房那種陰森，這個房間絕對更優美，住起來也更舒服。至少在我負責的房間當中，即便說到景觀之佳，也是首屈一指。

女人沒脫下外套，直接走到窗邊，暖氣的蒸氣令窗玻璃霧濛濛，她用手套的手背微微抹去。從她那氣定神閒的樣子，我判定她是小老婆。

戰後一夜暴富的客人之中，有許多人往往看我們不順眼。大部分客人即便假裝漠視我們也不得不意識到我們的存在。但今天的常務董事先生並未如此，他只把我當成空氣。可見他的家世良好。

而我們，也喜歡被客人（至少是被男客人）當成空氣看待。如果客人對我們投入感情，哪怕是出於好意，也只會令我們產生反感。把我們當成朋友的客人，我們會以輕蔑回敬。客人如果擺出過於客氣的態度，會比過於傲慢的客人更讓我們感覺被人瞧不起。就像在法庭上，如果檢察官比被告更畏畏縮縮，那肯定很奇怪吧？簡而言之，就是要尊重彼此的人生角色。

三〇一號房的客人立刻點了威士忌加蘇打水。我說酒吧已打烊，能否改喝啤酒。客人溫順地說，那樣也行。

女人脫下外套，穿著看似英國貨的格子旅行裝，正自在地休息。她以染成珊瑚色的指尖，輕拈同屬珊瑚色的菸管，正在抽菸。許是光線的關係，她的臉孔晦暗。不知何故，我忽然開始意識到正好在我正對面的女人視線。

男人好像總是喜歡自作主張，事後才會注意到女人的意願。那種閨房情景不難想像。他似乎驀然察覺，這才問女人：

「喝啤酒可以吧？」

女人吐出一小團青煙後，興味索然地說：

「不要。」

「那麼，要叫杯汽水嗎？」

「……算了。啤酒也行。」

這時女人的菸灰，已經相當長。我發現了，正準備說：

「啊，您的香菸菸灰……」

但我還沒開口，女人好像就已察覺。她打算把菸管直接移到桌上的菸灰缸上方。

結果我本想說的話以「啊」這個感嘆詞告終。男人訝異地仰望我的臉。香菸的菸灰，已長得無法移過去撣落，菸灰直接落在裙子上。

男人沒發現，注意力似乎只放在我的感嘆詞上，他問我：

「什麼事？」

「是……」——我毫不遲疑，定定凝視著女人說，「我待會替您用刷子刷乾淨。」

男人順著我的視線，這才把臉轉向女人，看著無意義發笑的女人。當男人的眼睛再次移向我時閃過不悅的神色。我這才發現自己有失平日作風地多嘴了。於是我盡快逃出房間。

我萌生妄想，彷彿背後傳來女人議論我嘲笑我的聲音。但這同樣不像我平日作風，令我有點痛苦。我暗想，最近我好像有點飢渴。

但當我再次進入房間送啤酒時，什麼事也沒發生。因為這次，我又忘了自己是什麼身分一直垂著眼皮沒吭氣。

這樣一個夜晚的深夜走廊，自有一種莊嚴。除非有大事，否則也不會再有客人按鈴呼叫我們。站在那森閑的走廊，望著上了鎖的「我的」房間的每扇房門，我不禁產生奇妙又滑稽的聯想。我覺得那些房門好像一個一個烤麵包爐。我覺得自己正拱手等待麵包出爐。我甚至如此呢喃：

「嗯哼，那個爐子裡的麵包應該已經烤好了吧。」

翌晨天色微陰。我帶客人去餐廳時，其他服務生也帶別的客人來了。一眼便可看出他們都是新婚夫婦。餐廳因此非常安靜。但一名勇敢的新郎，或許是想要紀念新娘的第一次早餐，上衣還塞著餐巾便抓起相機盒起身，頓時到處響起高雅的低笑。

由我殿後，帶著三〇一號房的客人進餐廳。比起昨晚，女人的眼睛好像更明亮，眼白的地方帶著淡藍。昨晚還沒注意到，她的腿極美。宛如牝鹿[1]的緊繃腳踝，令人強烈感受到「動物」。

說到我的職責，只要把客人帶到餐廳就夠了。之後是餐廳女孩的工作。女服務生們站在鑲嵌了仿唐代四君子（梅蘭竹菊）刺繡的牆壁前，在淺藍綠色制服外繫著圍裙，如陶俑般面無表情。不是我自戀，每次我只要在餐廳稍微露個面，便可感到她們之間，面無表情地發射出互相牽制的電波，其中甚至會有人大膽地朝我拋媚眼。

唯獨那天早上我沒有立刻離開餐廳。早晨的餐廳只剩一桌為三〇一號房留的桌子，其他全被新婚夫婦占據。三〇一號房的女人穿過其間走向自己那桌時，絲毫不露怯色。但她並非虛張聲勢。也許是因為和別桌那些愣頭青丈夫不同，看起來威嚴十足的男人領頭走在前面，但即便如此，女人的氣勢與氣質也相當不同凡響。

看到這裡，我才回三樓整理房間。我一邊上樓一邊思考：

「看那樣子，他們說不定是真正的夫婦。曾聽人家說，有對夫妻每晚都像陌生人似地各自出門，去事前說好的同一家酒家玩，好像很懷念對方似地打招呼說：『好久不見，近來可好？』之後再並肩回到家，泡個牛奶浴，只有這樣才能夠安心睡覺。說不定，那人也是喜歡把自己的妻子打扮成小老婆的樣子。」

1 形容成年的雌鹿。

整理好房間，我該去服務生休息室了，但我有點在意，而又下樓去服務台。以往從沒發生過這種事情。

他們已經用餐完畢。二人待在大廳酒吧，正在和經理說話。女人站起來，似乎覺得談話很無趣，不動聲色地離席。

女人輕輕點頭回應服務台人員的問候，興趣缺缺地眺望賣場的風景明信片之類的東西。正好走到我面前（女人肯定是為了來到我面前，才故意在明信片前慢吞吞地走走停停），如此問道：

「要去庭院該從哪裡走？」

「是！」我發出快活的聲音。我對這聲音的青春活力與胸前金釦之登對很有自信。

「現在從酒吧出去的門關著，所以讓我帶您從玄關過去。」

我以職業性的快活態度帶路。推開塗上白漆的小木門，帶她前往微光照到的小院子。冬玫瑰的花瓣落在石板上。日影已經不足以刻畫日晷的時間。

院子有一區正綻放白色山茶花，這是某位美國高官的夫人歸國時親手種下的。

女人在覆滿牆面已乾枯發紅的長春藤前佇足。她不是會對山茶花感興趣的女人。不知是否有近視，只見她微眯起眼眺望熱海街頭的千門萬戶。海上陰霾，看不清水平線。

我推開小木門就閃身退後。我應該立刻轉身離去。但只要兩三秒也好，我想與女人在這裡，不被任何人見到地與她多待一會。

女人取出香菸，插進菸管後，把菸盒也遞給我叫我抽。我殷勤地婉拒，然後出於自己有機會服務的歡喜，急忙用飯店的火柴替她點火。

「你可真周到。」

這是女人對我說的第一句私人發言。我活到這把年紀居然臉紅了。

「是。」

「你在這裡待很久了？」

「是。從美軍解除接收後，就一直在這裡工作。」

「噢。」女人倚靠著白柵欄。我說了聲，「那不打擾您了」，鞠個躬轉身就逃。

至於女人有沒有說謝謝，我毫無記憶。

三〇一號房的客人離開，是在那天下午。雲層變得濃重，在極少下雪的熱海，天空看起來好似要下雨。

這個時間的飯店很安靜。住宿的房客，不是出去遊玩了就是在睡午覺。

我去了三〇一號房收拾。結果房間有種難以形容的芳香。

做我們服務生這一行，等於是想像力的化身。每天看著眼前排列的撲克牌背面過日子，所以就算不把牌翻到正面，也猜得出牌上的數字。我環視陰天的昏暗飯店一室，頓時感到女人是如何在此度過週末的一天好像歷歷在目。

我一如往常打開衣櫃。櫃子裡躺著一個法國香水「夜間飛行」的空瓶。

我把鼻子抵在瓶口，呆然走到陽台上。不知幾時下起雨。雨絲細密，卻是異樣冰冷的雨。遠方的熱海車站月台露天的部分，已被雨水淋濕變黑。

我忽然想做平日絕不會做的荒唐舉動。我想躺在女人躺過的床上，抱住女人的秀髮流淌過的枕頭。

萬一被同事發現會很麻煩。我想去鎖門。客人多半會在退房離開時把鑰匙留在桌上。一定有301號這把鑰匙。

但我找遍整個房間還是找不到鑰匙。我猜想也許是交還給服務台了，還去服務台問過其他同事，但並沒有鑰匙。女人肯定是把鑰匙帶走了。如果放在手提包中，走的時候很有可能忘記交還。

實在找不到鑰匙，我反而萌生一絲微弱的希望。我感到那彷彿是我與女人緣分未盡的證明。

——我寫了一張簡單的明信片。內容是這樣的：

日前承蒙您光顧敝飯店，深為感謝。不知您是否把房間鑰匙帶走了？恕我不顧失禮冒昧請教。萬一您帶走了，盼能還給敝飯店。

我去服務台翻閱登記簿。上面寫著：

東京都澀谷區松濤町十號　藤澤源吾　偕同伴一人

我把明信片寄給藤澤先生。

三〇一號房的負責人是我，因此鑰匙的保管也由我負責。寄出這種明信片是理所當然的處置。

不知你有沒有鑰匙被客人帶走的經驗？這種場合，我的做法，大概已逾越身為服務生應有的做法吧？比方說藤澤夫人另有其人，或許有可能拿這張明信片當藉口對丈夫興師問罪？那位先生惹上的麻煩，會不會令飯店失去好不容易得來的貴客？那種損失，恐怕不是一支鑰匙的價值可以取代的吧？

然而，我深信這是我該採取的唯一處置。連登記簿上那個住址到底有幾分可信度都不知道，就已開始擔心之後的事，想想真是愚蠢。

……要我說真話嗎？其實我本來想在明信片收信人那欄寫上女人的名字。但登記簿上沒有女人的名字，令我很惱怒。既已公然寄給男人，我的嫉妒，甚至令我抱著些許期待，想像男人被太座大人折磨的情景。

我寄出明信片是在一月底。

之後一直沒有回音。過了一週，過了十天，我已不再等待。我又打了一把備用鑰匙。經理也沒有特別責罵我。我漸漸傾向將自己對那女人懷抱的夢想，視為一時心血來潮的小遊戲。

那天是二月十四日。有人寄了一個看似藥品樣本的小包裹給我。不消說，當初我寄明信片時，在飯店的橡皮章旁也寫上了自己的姓名。但這個包裹的寄件人姓名令我狂喜。那不是藤澤源吾。是藤澤賴子。

我自同事面前抓起那個包裹，急著一個人私下拆閱。我的心在呼喚賴子的名字，呼喚的同時也陷入另一種疑惑。

「有什麼證據能夠證明，這個賴子就是那女人的名字？」

飯店後面是聳立的石牆。我走到那裡，在枯草有陽光處坐下。那是從連結飯店各棟的低矮迴廊上方灑落的日光，溫暖石牆的某處像石室一樣凹陷的地方。冬蠅不肯離開我的手背，我因此把牠撣落後用鞋子踩扁。蒼蠅乾巴巴的，彷彿踩爛的是蛻下的殼。

包裹綁得很仔細。我用牙齒扯斷繩子。

出現的是一把房間鑰匙，而且是我沒見過的鑰匙。是來宮[2]那邊剛開幕的飯店鑰匙。我失望地啐了一聲。

「嘖！吊人家胃口半天，這次居然搞錯鑰匙！那女人要不是格外粗心大意，就是鑰匙收藏家。」

我的臉色難看得幾乎令不滿自內噴發而出，翻來覆去地檢查那把鑰匙。之後我站起來，朝蔚藍的冬日天空高高拋起再接住。鑰匙落在掌心，發出鍊子的聲音。手心很痛。

不管是哪裡的飯店鑰匙好像都一樣，無論是鑰匙的形狀，黃銅的鍊子，或是鍊子上掛的寫有房間號碼的硬紙，除了樂樂飯店這行白字之外，幾乎與我們飯店的鑰匙一模一樣。我忽然決定檢查號碼，上面是黑色粗體字的217。我心想，原來是二樓啊。

這時我發現在2與17之間，好像被人事後畫了一條紅線。是類似粗粉筆那種線條，但那種油性的紅色不是粉筆的紅。我把眼湊近檢視，那是口紅畫出的線。

我熱中破解這個把2與17分開的謎團。想不透。之後到了晚餐時間，忙碌之下已無暇顧及那個。我的腦袋不斷膠著在那件事，也因此回答客人時一再牛頭不對馬嘴。夜晚，在休息室安頓下來後，我也沒告訴任何人，試圖獨自解開這個謎題。那晚我也刻意沒有加入你們一起講葷笑話。

苦思不解之下，我驀然仰望牆上貼的大型月曆。雪景的三色版面下方，大大印刷著二月的日期。今天是二月十四日，明天是十五日，後天是十六日星期一。再過來是——對了，是二月十七日。

我不禁失聲驚呼。你們紛紛回頭看我。但我的心在這一刻有多麼激動，你們根本無法想像……。

這三天我不知等得有多苦。到了週二，週末的客人已經都走了，我應該就有空。若她真的替我設想到這種地步，那她的用心之深絕不尋常。

我變得偏愛三〇一號房。到了週一早上，當週末的客人終於離開時，就像那個房間重回我手中般令我高興不已。我會想像那個女人直到前一刻還在這個房間。我把臉埋進羽絨被，摟進懷中。太過鉅細靡遺的想像令我疲憊不堪，我覺得自己快要

2 來宮是靜岡縣熱海市的地名。

生病了。

週二的晚上來臨，我拜託你留守，偷偷溜出飯店。你或許還記得，我當時用的藉口，好像是說伯父帶著他替我看中的結婚人選來到熱海的旅館，我雖然沒那個意思，好歹還是得去打個招呼。當時你還很爽快地叫我趕快去。

幸好做我們這一行，打扮方式比較低調。即便看我慌慌張張出門，你也沒有特別調侃我。因為儀表整齊本就是服務生上的第一課。

但那天，我不得不從早就一再地照鏡子。頭髮梳了一百遍（請不要笑我），碎髮輕輕抹上髮油，總算打造出我滿意的帥模樣。如果穿著熱海的服裝店鬆垮垮掛著的衣服赴約，好好的帥哥也會被搞砸。與其那樣，還不如就穿這身已經習慣的制服。我瀟灑地圍上圍巾，套上外套後，急忙跑下從飯店通往車站的陡坡。

海上升起的下弦月，掛在別墅的簷邊。今晚的熱海市奇妙地安靜。這是個人潮聚散變化特別大的城市，因此今晚大概算是退潮吧。

我本來打算用車站前的公用電話打去樂樂飯店，確認藤澤賴子在不在。但公用電話都有人使用。在我四處亂轉之際，眼前正好有車停下。我性急地報上樂樂飯店的名稱後，跳上平日很少搭乘的計程車。

那晚的熱海街頭看起來是何等美好啊。

不是所謂的霧氣。好像是氣流還是什麼的作用令溫泉的水蒸氣低迷籠罩街頭，眼睛所見之處，全都暖融融水汪汪。與車子交會的女孩，虹色絲巾也看似水潤晶亮。土產店陳列的羊羹盒，山茶油淡黃色的瓶子，一切事物都看似水亮。尤其水果店的店頭特別美。橘子，蘋果，香蕉，柿子，檸檬，那些光澤與色彩之鮮豔，簡直不像是這人間所有。

之後車子過了河右轉，沿著黑暗的陡坡，發出懶洋洋的聲音開始爬坡。

樂樂飯店本是昔日皇族的別墅，古典的冠木門內有茂密樹林圍繞的碎石子路，也有徐緩的馬車下車處。我直接前往服務台，劈頭就問：

「請問有一位藤澤賴子女士住在這裡嗎？」

我的詢問方式似乎多少帶有一點卑微的影子。服務台的中年男人（說來頗有昔日皇族管家的威嚴），沒有立刻回答，對我投以一瞥後，方說：「請稍等一下。」他撥電話。電話一直打不通。我漸感不耐。

在裡面翻帳簿的老人，眼鏡倏然發光，抬起頭說：

「藤澤女士現在好像在酒吧喔。」

請想想我在這一瞬間的喜悅！我早已了解飯店各個房間的位置，所以毫不遲疑就知道酒吧在哪裡。我推開酒吧的門。

四、五名客人圍在撞球台邊。後方的暖爐裡，火燄熊熊燃燒。一旁的安樂椅上，只見那個女人將紅茶茶杯放在膝前的小桌，膝上攤開好像是《LIFE》的大本雜誌，落落大方地坐著。

看到我，她嫣然一笑，把雜誌放到面前的小桌。指著暖爐另一邊的椅子說聲請坐。

我的膝蓋，在我坐到椅子上的同時，真的開始顫抖。因為我聞到連木柴的焦香味也無法掩蓋的「夜間飛行」香味。

女人穿著旅行用套裝，顏色是流行的酒紅色。脖子纏繞漆黑的絲巾，佩戴金色別針。髮型和上次不同，像佛陀的頭髮一樣高高盤起。

我不發一語。女人也沒開口。因為不用說話也已知道。

最後，我終於環視四周後小聲問：

「就您一個人？」

「就我一個人。為什麼這樣問？」

女人一派穩若泰山的樣子，只是朝我瞪圓雙眼。

「你何不脫下外套？坐在火堆旁不熱嗎？」

「不能脫。」

我解開鈕釦，稍微露出白色制服上衣給她看。女人第一次暢快大笑。那種笑沒有任何會引起反感的要素，是那種彷彿小孩子很開心自己嘗試的惡作劇一一命中要害的笑。

之後女人叫來服務生，點了威士忌加蘇打水。點完之後，她問我：

「該點啤酒才對嗎？」

我笑了，毫不客氣地接下女人遞來的香菸。唯有在香菸方面我們很奢侈，因為外國人經常給我們外國香菸代替小費。但女人給我抽的香菸切口呈橢圓形，是罕見的土耳其香菸。

我們等酒送來之際，默默抽了一會菸。驀然回神，才發現我的香菸煙灰掉到外套的膝上散落。女人故意不吭氣，眼看著菸灰掉落。

喝完酒，女人問我要不要去房間。從椅子站起時，我再次感到強烈的心悸。

二一七號房。來到那門前我突然很嫉妒。我瘋狂地想質問女人以前和誰住過這個房間。壓抑那股衝動的，與其說是我的服務生本性，毋寧是「一旦說出來可能會惹惱女人」的迷信。

門開了。房間深處，有一面稍微仰起的鏡子，清楚映現電燈。

「把門鎖上。你有鑰匙吧？」

女人說。

那晚回到自己的飯店時已近十二點。我在外套口袋裡握著三〇一號的鑰匙。臨別之際，女人什麼也沒說，笑著遞給我的就是這個。那一瞬間，我以為她要給我小費，憤怒與羞恥的熱血猛然衝上腦袋。

三〇一號房今天沒有客人。

我把女人還給我的懷念鑰匙插進鑰匙孔。門並沒有鎖。我只是抱著儀式般的心情，插上鑰匙開門。

我故意不開燈。室內並沒有流淌什麼月光。不過在路燈與飯店標識的霓虹燈照耀下，即便不開燈，室內也模糊可見。

床上一片森閑。我把依然殘留火熱的身體，在那上面呈大字攤平。

暖氣自動發出金屬性的低喃。我的心，抵達夢境的終點。三〇一號房的鑰匙，已無法再看成三百零一。我只能看成三月一日。女人默默交給我的，是叫我這麼看待的暗號。

再過半個月，那天就是我可以在這個自己長年親手打理的房間公然擁抱女人的日子。女人想必會按呼叫鈴吧。每一次，房客與服務生都會先擁抱吧。等其他房間的客人睡熟後，我就會像回到自己房間那樣，門也不敲地鑽進這間三〇一號房吧。

我再次被想像的恣意驅使下爬起來。

我只開了浴室的燈。我環視耀眼的浴室，驀然扭開淋浴的蓮蓬頭，急忙跳開。蓮蓬頭在光線照耀下，灑落圓形的驟雨。那是熱水蓮蓬頭。

白花花的蒸氣在那驟雨中迷途，彷彿勾勒出正在沐浴的伊人身影。我幾乎在這朦朧的飛沫中，看到賴子不著寸縷的身影。

三月一日的一週前，服務台通知我有人以藤澤賴子的名義預約了三〇一號房時，我的夢已不再只是夢。我特地去服務台看預定表，我的心情就像一邊已收到入學通知一邊去學校看錄取名單的學生。今後一個月的預定表上，寫著幾月幾日幾點幾號房阿瑟先生偕同伴一名，幾月幾日幾點幾號房宮崎先生偕同伴一名……。三月一日晚間十一點半三〇一號房藤澤賴子女士，沒有「偕同伴一名」，已足以令我狂喜。

三月一日下雪了。據說東京的雪相當大。

熱海只是上午有零星飄雪，入夜後再次下雪而已。但我非常心急，我怕這場雪會讓女人取消訂房。事實上到了下午，就已有二組客人打電話到飯店取消預約。

我一再進出打掃得一塵不染的三〇一號房。十一點半了。我走到陽台上，只見一輛出租車閃著紅色尾燈爬上九十九轉的陡坡。

對於那天其他的客人，也因顧及這一刻，之前故意服務得特別殷勤，因此我現在立刻撐開黑傘趕到玄關前，想必也不會有人起疑。

車子看似已跑遍整個熱海市，車頂有一層淺淺的積雪，流暢地壓過吱呀響的碎石子駛入前院。我跑過去拉開車門。

先下車的是上次那個平凡的企業家。他粗魯地下車幾乎令車身傾斜，把旅行袋交給我後，逕自大步前行。接著下來的是穿著黑色阿斯特拉罕羔皮外套的那個女人。

女人露出美麗的側臉在雪中下了車。

我替她撐傘。

她微微點頭致意，朝玄關邁步走去。僅此而已。

故事並沒有到此結束。

那一天一夜，別說是溫言軟語，她終究連一個笑臉也沒給過我。女人沒有給我任何機會，也沒有像之前那樣離開男人獨自去庭園。翌日是雪霽天晴的好日子，但女人幾乎沒出門。而且一整天，三〇一號房的房門都是鎖著的。

我非常痛苦。但我也是男人。雖然那晚輾轉難眠，隔天還是單純將她視為客人，以冷靜周到的服務送他們離開。

直到他們退房離開已經過了兩個小時後，我才發現三〇一號房的鑰匙又不見了。因為對那個房間失去興趣的我，提不起勁去收拾房間。

當我把房間的抽屜都拉出來找鑰匙時，心頭不經意閃過惡寒般的冀望。

「該不會……又像之前一樣？」

這次我已有新打的備用鑰匙，就算遺失一把也不會有任何不便。一切只不過是回到原點。

過了二天，過了三天。

三〇一號房是很搶手的房間。客人進進出出，需要鑰匙時就拿與之前一模一樣的備用鑰匙頂上。

過了三天，過了四天。

我終於寫信給女人。我撕掉一再重寫的信，打算什麼也不寫就此放下。但最後，我還是寄出內容簡單的明信片。

感謝您日前投宿本飯店。恕我冒昧請問，不知您是否帶走了房間鑰匙？如果鑰匙在您那邊，盼能盡快歸還。

*

「結果你收到回信了嗎？」

朋友這麼問，是在敘述者講完，陷入沉默之後。

「不，沒收到。我等了一個月都毫無音信。就在那之後——」

美男子服務生說。

「我立刻與現在的妻子結婚了。」

昭和二十七年一月《文藝春秋》

盛夏之死

夏日豪華鼎盛之際，我們被移向更深的死亡。

——波特萊爾《人工樂園》

A海岸靠近伊豆半島的南端，是個尚未通俗化的理想海水浴場。除了海底特別崎嶇不平，波浪有點洶湧之外，海水的清澈度與深淺都很適合戲水。之所以不如湘南地區的海岸那麼熱鬧，簡而言之是卡在交通不便。要去那裡，必須從伊東坐二個小時的路線巴士。

若要住宿，幾乎只有一家永樂莊旅館與出租別墅。其他掛著草簾醜化夏日沙灘的小店，也只有一兩家。白色的無垠沙灘很美，海灘中央松樹罩頂的岩山，如假山般以人工化的姿態逼近海面。到了漲潮時，海浪會讓這岩山濕了一半。

海岸的景觀非常美。西風吹起，吹散海上的霧靄，外海的群島清晰可見。大島近，利島遠。其間，還有鵜利根島這個小小的三角島。南邊七子的小尖端對面，是萬藏山深深扎根海中的另一方堺岬，再更遠處，有號稱谷津龍宮的海岬與爪木崎綿延重疊，到了夜晚可以看到位於那南端的旋轉式燈塔的燈光。

生田朝子正在永樂莊的某個房間睡午覺。單薄的鮭紅色亞麻布做成的略短洋裝露出膝蓋，從她的睡姿實在看不出已是三個孩子的母親。無論是豐腴的手臂，不見憔悴的睡顏，微微噘起的嘴唇，都洋溢著稚氣。天氣很熱，她的額頭與鼻翼冒出汗珠。在低微的蒼蠅嗡嗡聲中，在宛如灼熱的大鐘內部的大氣中，那件鮭紅色亞麻洋裝的腹部，直接呈現風停後的午後倦怠，柔軟地高高低低呼吸。

旅館的客人幾乎都去海邊了。朝子的房間在二樓。窗下，有著塗成白色給小孩玩的鞦韆。四百坪的草地上，有塗了白漆的椅子，有桌子，有套圈圈的台子。圈圈隨意散落在草地上。庭院空無一人，不時誤闖進來的蜜蜂拍翅聲，被樹籬外的浪濤聲蓋過。樹籬外就是松林，一路連接到沙灘，連接到水邊。一條河流經旅館地下，在積成一灘將要注入海中之處，每日到了午後，就會有十四、五隻鵝被放出來在那裡啄食，爭相發出不優雅的叫聲。

朝子的三個孩子，分別是六歲的清雄，五歲的啟子，三歲的克雄。三人都在丈夫的妹妹安枝陪伴下去海邊了。朝子午睡時，就拜託自家人安枝帶小孩。

安枝是個老姑娘。長女啟子出生時，朝子帶小孩忙不過來，於是與丈夫商量，把安枝從家鄉的小都市接來，一起住在位於東京都田園調布的生田家。安枝耽誤婚期，並沒有特別的理由。她的長相，雖然的確缺乏女人味，但也不醜。只是在漫不經心地拒絕親事的過程中，不知不覺就誤了摽梅之期。她很崇拜兄長，渴望在東京生活，但家裡卻想把她嫁給當地的有力人士。對安枝而言，嫂子的勸說簡直是及時雨。

安枝雖然不機靈，但是心地非常善良。她喊比她小的朝子大嫂，事事不忘尊重大嫂。故鄉的金澤腔聽起來倒也不算刺耳。她一邊幫忙打理家事帶小孩，一邊拜託兄長讓她去學洋裁，最近自己穿的衣服固然不用說，就連朝子與孩子們的衣服也是安枝做的。每當安枝去銀座在櫥窗看到嶄新的樣式時，她會立刻取出記事本當場畫下來，還曾因此被店員發現數落了一頓。

安枝穿著綠色的新泳裝去海邊。唯有這件泳裝不是安枝自己做的，是百貨店買來的。她很注重保養北方人特有的雪白肌膚，因此幾乎看不出曬黑的跡象，從水裡出來就會立刻躲到陽傘下。三個孩子在水邊堆沙堡，她也玩心大發把含水的沙子滴在潔白發亮的大腿上。沙子立刻乾了，在腿上畫出摻雜貝殼細小碎渣閃閃發光的黑色奇妙圖案，就此靜止。許是忽然產生一種再也抹不掉的恐懼，安枝急忙用手抹去。這時忽有半透明的細小濱跳蟲自沙中跳出逃竄而去。

安枝雙手撐在身後，伸長兩腿眺望外海。積雨雲成堆湧現。那種莊嚴的寧靜無邊無際，周遭的喧嚷與浪濤聲，似乎都被吸入雲層閃亮的莊嚴沉默中。

夏日方酣。暴烈的陽光幾乎帶著憤怒。

三個孩子已經玩膩了堆沙。他們踢開水邊餘波奔跑而去。看到這一幕，安枝終於從自己深陷的個人安逸世界清醒，站起來去追孩子。

但孩子們沒有冒險。他們害怕浪濤的鳴動。海浪破碎，拍岸而來，又退去時，總是逆捲起清淺緩慢的漩渦。清雄與啟子手牽手，站在及胸的水中，抵抗身體周遭的海水退去時的力量，抵抗腳底周圍的沙子退去時的力量，那種有趣，令他們眼睛發亮定住不動。

「妳看，很像有人在拉扯對吧？」

小哥哥說。

安枝走到他們身旁，告誡他們不准再往水更深的地方去。她指著獨自留在沙灘上的克雄，叫兄妹倆不要丟下弟弟，趕快上岸去玩。清雄與啟子不聽她的話。再次退去的沙子留下腳底踩住的部分簌簌流去，成了一種在水底感到的祕密娛樂，清雄與牽著手的妹妹面面相覷吃吃偷笑。

安枝害怕陽光。她看著自己的肩膀，看著泳裝上方露出的胸部。那種潔白令她想起故鄉的雪。她輕輕以指尖捏起胸部上邊，那種溫暖令她微笑。安枝發現指甲有點長了，指甲裡夾著黑沙，她想今天回去之後一定得剪指甲。

清雄與啟子不見蹤影。安枝心想大概已經上岸了。

朝陸地一看，只有克雄一個人站著。克雄指著這邊，異樣的表情令臉孔扭曲。安枝驀然感到激烈的心悸。她看著腳下的海水。海水再次退去，只見二公尺外的泡沫中，灰白色的小身體被推倒翻滾。她瞥見清雄深藍色的小泳褲。

安枝的心悸變得更激烈。她不發一語，露出走投無路的表情，朝那邊前進。這時意外來到近處的波濤，掀起巨浪，在她眼前垮下，並且直接打中她的胸口。安枝仆倒在浪中。她的心臟痲痺了。

克雄哇哇大哭，使得附近的青年急忙跑來。接連有幾個人踢起灘邊淺水衝入海中。被踢開的水花在他們黝黑的裸體周圍燦爛地爆炸。

其實安枝倒下時，有兩三人看到。但他們以為她會爬起來，所以沒當一回事。然而，人對於這種悲劇往往有一種預感，當救助者趕到時，雖然還半信半疑，卻已感到她那種倒下的方式並不尋常。

安枝被抬到灼熱的沙灘上。安枝睜著眼，緊咬牙關，彷彿正在凝視那依然矗立眼前的可怕事物。某個人拉起她的手量脈搏。已經沒有脈搏了。似乎是假死狀態。有人認出安枝，

「啊，這個人是永樂莊的客人。」

他說。

他們決定把永樂莊的領班叫來。村中少年為這光榮的任務感到興奮，深怕被其他人搶走這個任務，在灼熱的沙上他非常迅速地衝向永樂莊。

領班來了。這是個穿著白色衛生褲、白色鬆垮背心、毛線腹兜已到處脫線的四十歲男人。他主張先把人抬回旅館再做急救處理。有人提出異議。就在爭執之際，二個年輕人已一前一後抬起安枝邁步走出。在她剛剛還躺臥的沙灘上，宛如人影，留下潮濕的沙上印痕。

克雄哭著隨行。某一個人發現後，便把克雄揹在背上。

朝子被人從午睡叫醒。老練的領班緩緩搖醒朝子。朝子只抬起頭，問他有什麼

事。

「是一位安枝小姐……」

「安枝她怎麼了？」

「是，現在大家正在替她急救，醫生也會馬上趕來。」

朝子跳起來，與領班一同迅速走出房間。安枝被放在庭院草皮一角，鞦韆旁的樹蔭下，只見一名裸體男子騎在她身上。那是在做人工呼吸。一旁是收集來的稻草與拆開的裝橘子用的木箱。有二人正急著想快點生火。火燄立刻混雜濃煙，昨晚下過大雨的濕氣令還未乾的板子很難點燃。煙不時飄向安枝的臉部，另一個男人忙著拿團扇把煙煽回來。

人工呼吸令安枝的下顎上下移動，看起來好似正在呼吸。騎在她身上的男人黝黑的背部，在樹梢篩落的陽光中，滑落條條汗水。安枝在草地上伸直的白色雙腿，看起來蒼白粗大。好像與上半身正在進行的慌亂戰鬥毫無關係，逕自遲鈍地伸長。

朝子坐在草地上，迭聲頻呼：

「安枝！安枝！」

她邊哭邊不管三七二十一地急促發話。她說，「救得活嗎」、「怎會發生這種事」，還說「我對不起我先生」。之後，她抬起略顯銳利的眼睛，

「孩子呢？」

她問。照顧小孩的中年漁夫說：

「你看，媽媽來了。」

他抱著一臉困惑噘起嘴的克雄示意。朝子朝孩子臉上投以一瞥，說聲拜託您了。

醫生來了，由他接手做人工呼吸。火堆已生起，朝子滿臉發燙，什麼也無法思考。螞蟻沿著安枝的臉孔爬行，被她伸指用力碾死扔掉。過了一會，又有別的螞蟻從劇烈搖晃的頭髮朝耳朵爬去。朝子把這隻也碾死了。碾死螞蟻成了她的工作。

——人工呼吸整整進行了四個小時。由於出現屍身僵直的徵兆，醫生只好死心放棄急救。屍體被蓋上布，抬往二樓。房間早已一片漆黑，空著手的人，急忙跑過搬運的屍體旁搶先去房間開燈。

朝子精疲力盡，有種空虛的甘美心情。她並不悲傷。她想起孩子，她問道：

「孩子呢？」

「源吾正在娛樂室陪著他玩。」

「三個都在嗎？」

「不知道……」

人們面面相覷。

朝子推開人群下樓。漁夫源吾穿著浴衣，和泳褲外面罩著大人襯衫的克雄一起坐在長椅上看故事書。克雄沒看故事書，正在呆呆發愣。

朝子一進去，知道今日悲劇的旅館客人們，停下搖扇子的手一齊看著朝子。

朝子二話不說就撲到克雄身旁坐下，幾乎是以凶狠的語氣問：

「小清和小啟呢？」

克雄眼帶畏懼地看著母親的臉。他突然開始抽泣，斷斷續續說：

「哥哥姐姐也咕嚕咕嚕沉下去了。」

——朝子一個人光腳奔向海灘。松樹林蔭下的沙地，插滿松樹的落葉刺得腳很痛。潮水已漲至岩山下，因此如果不攀登岩山就無法去海邊。從那上面看過去，沙灘潔白遼闊，一覽無遺。夜晚的海邊，只剩一支歪歪斜斜黃白條紋相間的海灘傘。那是朝子他們的傘。

追來的人們，在沙灘上追到朝子。她不顧一切地衝到水邊。被人抱住後，她不耐煩地甩開對方說：

「你們不知道嗎？我兩個孩子還在那裡面！」

趕來的人們，多半都是沒聽到源吾說話就追出來的。這種人以為朝子瘋了。

在搶救安枝的四個小時當中，沒有一個人發現朝子還有二個小孩不在，這幾乎是不可能發生的事實。因為旅館的人總是看到三個小孩一起玩。況且，就算是心神大亂，做母親的人居然沒有直覺到二個寶貝孩子的死，也是異樣的事實。

但一起事件的周遭會立刻產生群眾心理的漩渦，人人都只採用同樣單純的想法是大有可能的。要跳脫那個想法之外並不容易。提出異議並不容易。午睡醒來的朝子，肯定也是把人們傳達的那個想法毫不懷疑地全盤接受。

那晚，A海岸每隔幾公尺就生起火堆，每隔三十分鐘就有年輕人潛水打撈屍體。直到天亮，朝子都沒有離開海邊。心情激動，再加上八成午覺睡太久，令她毫無睡意。

天亮了。那個早上，在警防團[1]討論後決定暫停牽網捕魚。

太陽自海灘左方的海岬升起。晨風拍打朝子的臉頰。她對這早晨的日出感到害怕。因為她覺得太陽會照亮事件的全貌，讓事件終於化為現實。

「妳必須休息一下。」一個上了年紀的人說。「要是找到了，我們會叫醒妳，這裡就交給我們，妳去睡一下吧。」「就是啊。去睡吧。」徹夜未眠兩眼通紅的旅館領班說。「都已發生不幸了，萬一太太您再病倒了，您在東京的先生該怎麼辦？」

朝子害怕見到丈夫。她覺得那就像是見到這起事件的審判者。但遲早總得見面。那一刻逐漸逼近，簡直就像另一起悲劇事件逐漸逼近。

朝子終於下定決心發電報。回旅館的藉口成立了。因為她覺得自己一時衝動，

1 警防團是日本在二次大戰期間，為消防、防空與防災，由地區民眾組織的團體。

好像被委任為大批潛水員的指揮。

臨走時朝子回頭張望。大海平靜無波。靠近陸地的海面上，有銀白色的光芒跳躍。是魚跳出了水面。跳起的魚，似乎沉醉在某種強烈的歡喜中。朝子感到自己遭遇的不幸毫無天理。

*

朝子的丈夫生田勝現年三十五歲，外語學校畢業，戰前就進入美商貿易公司上班，精通英語，工作也很有手腕。雖然勝看起來木訥寡言，其實非常幹練。現在是美國汽車公司的日本代理店經理，公司賣的汽車展示品他都可以使用，月入十五萬，而且還可以申報機密費用。朝子、安枝、孩子們加上女傭，一家人過著不愁吃穿的生活。沒必要一下子減少三口人。

朝子不用電話而選用電報報喪，是因為害怕與丈夫對話。然而，根據郊外住宅區的習慣，送到郵局的電報，是以電話傳達給正準備出門上班的勝。他以為是公事，輕鬆地拿起客廳的桌上電話。

「A海濱有緊急電報。」郵局女人的聲音，令他的心頭開始不安地翻攪。「我現在朗讀電報內容。準備好了嗎？安枝死亡，清雄啟子失蹤。」

「請再念一次。」

第二次聽起來還是「安枝死亡，清雄啟子失蹤」，因此勝很焦慮。他感到一種平白無故就突然收到解雇信的憤怒。掛斷電話後，他的心頭有憤怒叫囂。

這個時間他應該開車去公司。他立刻打電話到公司請假。他想自己開車趕去A海濱。但自己現在心神大亂，他沒把握能夠勝任那危險的長途駕駛。他最近才剛發生過車禍。他應該搭火車去伊東，再從伊東包車過去。

這種突發事件從進入一個人的內心到占據位子，是段奇妙的過程。他還不知道事件究竟是什麼性質，因此出門時先準備了大量現金。事件通常很花錢。

為了趕往A海濱，他坐計程車去東京車站。他現在的心情，與任何情緒都無關，反倒近似趕往現場的刑警心態。他比想像中更熱中推理，對於自己涉及重大關係的事件所萌生的好奇心令他戰慄。

我們往往是在這種時候，遭到平日疏遠的不幸回擊。明明平時和幸福打交道打得如此火熱，這種時候它卻絲毫派不上用場。我們對久違的不幸總是掉以輕心地看走眼。

「明明直接打個電話回來就行了，她這是不敢跟我講話。」勝憑著丈夫的直覺做出正確判斷。「但是不管怎樣，眼下先決問題是我得自己出門自己親眼見證。」

他從計程車的車窗，看著逐漸接近都心區的景色。盛夏上午的街頭，擠滿身穿淺色衣裳的人，乍看之下有點刺眼。行道樹筆直落下濃黑的影子，飯店玄關紅白色的花俏遮陽篷，像要支撐沉重的金塊般緊繃著支撐直射的強烈日光。未完工的道路工程挖起的土堆顏色已乾涸。

在他的周遭完全是平常世界，沒有發生任何事，如果他想，現在還可以相信在他身上沒有任何事發生。勝感到一種幼稚的奇妙不滿。自己完全沒有參與到，就在不知情之處的突發事件，只有自己一個人被撇下，令他很不滿。

在熱海換車去伊東，眾所周知可以搭湘南電車。非假日的近午時刻，要在車廂找到位子並不難。

勝依照在外商公司上班的習慣，夏天也照樣打領帶，西裝筆挺。汗臭味被男用香水的氣味抹消，但是他仍感到汗水不時沿著背肌滑落側腹。

在這些乘客當中，沒有人比自己更不幸。這種想法，突然把勝從平日的他移往到另一種特別的人格（雖不知是移往更高一級還是更低一級）。他現在是特別訂做的人。是另一種人。勝過去從未有過這種意識。他是鄉下富豪之家的次子，中學時代就來到東京，住在現已過世的伯父家受教育，由於家裡給了足夠的生活費，他從來沒有寄人籬下之感，戰時也因任職情報局而免除兵役，娶得東京良好家庭的千金為妻，分家後自成一家，戰後坐到了意想不到的優越地位。在世間芸芸眾生之中，他自認是運氣最好、手腕最好的男人之一，但他從來沒有感受過身為特殊人種的優越感與自卑感。

背上有大片胎記的男人，肯定不時會有股衝動想在人前如此吶喊。

「大家都不知道，其實我背上有一大片葡萄色的胎記！」

同樣地，勝也想對著大批乘客，如此大聲吶喊。

「大家都不知道，其實我今天一下子死了三個孩子中的兩個，還有我妹妹！」

想到這裡，勝忽然軟弱了。他希望至少孩子們平安無事。電報上打的 KIYOO

該不會不是指「清雄」而是「今天」？還有「失蹤」，該不會兩人只是迷路，驚慌失措的朝子卻如此誤認？說不定，這時候無人的家中已收到訂正的電報？勝就這樣只顧著在意自己的心情，他覺得自己的反應比事件本身更重大，他很後悔當時沒有立刻打電話到永樂莊確認事態。

伊東車站前的廣場，充斥盛夏豔陽。租車的辦公室是個像派出所一樣的小木板房。日光毫不留情灑落內部，牆上貼著幾張出車表，紙張邊緣全都被曬得捲起來。

「到A海濱多少錢？」勝問。

「二千圓。」脖子圍著毛巾、頭戴制服帽的男人回答。不僅如此，不知是好心還是嫌麻煩，還對著客人多嘴：「如果不趕時間，搭巴士比較划算喔。巴士再過五分鐘就來了。」

「我有急事。我收到通知說家人死了。」

「噢。我正巧剛聽說那件事。A海濱的溺死者就是您的家人？可憐一下子死了一個女人兩個小孩。」

強烈的日光令勝頭暈目眩。之後他保持沉默，直到車子抵達A海濱為止，沒有和司機講過一句話。

從伊東到A海濱的汽車車道，沒有特別值得一提的優美景色。起初，汽車在塵埃滿天的山路上上下下，看不到海。當車子在道路狹窄的地方與路線巴士錯身而過時，樹木的枝葉擦過半開的車窗，猝然響起鳥翼般的聲音，粗大的沙塵毫不客氣地吹落在他折痕筆挺的長褲膝上。

勝正在絞盡腦汁苦思自己首先應該對妻子採取的態度。在這種任何情感都不適用的場合，他懷疑是否有可能採取所謂「自然的態度」。不自然的態度或許才自然。

車子接近A海濱了。老漁夫扛著裝滿竹莢魚的魚籃，站在灰撲撲的草叢閃避汽車。漁夫的額頭被年復一年的夏日陽光徹底汙染，一隻眼睛因白內障而白濁。他好像是來自中馬濱東端的竹莢魚釣場。這一帶的夏天，盛產竹莢魚、黃雞魚、烏賊、比目魚，也出產酸橙、香菇、乳酸柳橙。

車子駛入永樂莊老舊的黑木大門，駛進玄關下車處後，領班發出高亢的木屐聲出來迎接。勝反射性地抓起皮夾。

「敝姓生田。」

「請節哀順變。」

領班深深一鞠躬。勝先付車錢給司機，向領班道謝後，往他手裡塞了一張千圓鈔票。

朝子與克雄，已搬到安枝停棺的隔壁房間。安枝的遺體放在棺木裡，棺中塞滿從伊東那邊送來的乾冰，只等勝一來就要立刻火化。

勝讓領班帶路拉開房間的紙門。朝子急忙扭頭自午睡的被窩跳起來。她並沒有睡著。

朝子的頭髮凌亂，身上穿著旅館提供的浴衣前擺也很凌亂。她像女囚般合攏前擺、肅穆端坐。那個動作快得驚人，好像事先就已考慮過了。接著她偷瞄丈夫一眼，忽然折腰哭了起來。

勝不願當著領班的面伸手碰觸妻子的肩膀。那比讓人看見閨中情事更討厭。他脫下西裝，尋找衣架。

不知是幾時看到了，妻子站起來，取來掛在橫柱的藍漆衣架，從丈夫手裡接過冒著汗味的西裝掛起來。勝盤腿坐下，坐在被母親的哭聲吵醒卻不肯起床的克雄身旁。他把克雄抱到膝上，小孩像洋娃娃一樣軟弱無助。小孩竟如此輕飄飄令他很錯愕，幾乎像是抱著某種物質。

妻子說出勝之前最想聽到的話。她在房間角落哭著說：

「對不起。」

領班也在後面跟著流淚，一邊說道：

「不是我要干涉您的家務事，不過先生，請不要責怪太太。那是午睡時間發生的事，不是太太的疏忽造成的。」

勝覺得好像在哪讀過或見過一次這種場面。

「我知道。我知道。」

他說。然後以遵從一定規矩的態度，抱著孩子站起來，走到妻子身旁，把手放到她的肩上。那個動作他輕而易舉就做到了。

於是朝子哭得更凶了。

——翌日，二個孩子的屍體終於找到。包圍整片海灘的警防團員，一個接一個潛水打撈，最後發現孩子沉在萬藏山的山根下。屍體到處都被小蟲子咬過，兩三隻小蟲藏在孩子小小的鼻孔中。

*

這起事件的確超越傳統習慣，但越是這種時候，人往往更感到必須遵從傳統習慣採取行動。夫妻倆非常溫柔地互相安慰，也沒忘記多塞錢打點四處致謝。

不管是怎樣的死，死都是一種事務性手續。他們很忙，尤其勝身為一家之主，就算說他忙得無暇悲傷也絕不為過。至於克雄，這個不可思議的祭典，在他看來大人們每天都在演戲。

總之，一家好歹辦完了這繁瑣蕪雜的事務。奠儀也收到不少。在具有生活能力的一家之主還活著時，奠儀會比一家之主死掉的場合更多。

勝與朝子，的確都認為自己「幹勁十足」。朝子不知如何兼顧這逼得她幾欲發狂的悲痛與這種幹勁，就算食不知味地沉著臉用餐時胃口還是很好。

最令朝子苦惱的，是公婆自金澤來到東京。他們的到來總算及時趕上喪禮。朝子很不高興，她必須一再重申「對不起」，最後在反彈之下，忍不住以惡劣的態度質問娘家父母。

「你們以為誰最可憐？應該是失去兩個孩子的我吧？可是大家都在默默責怪我。好像所有的罪過與責任都在我身上，我不得不拼命道歉。大家都把我當成心不在焉讓小孩掉進河裡的小保姆。那應該是安枝才對吧？安枝死了反而撿到便宜。我明明才是受害者，為什麼沒有人肯理解我？不管怎樣，我可是那二個孩子的母親！」

「那是妳自己多心、太彆扭。哪有人那樣看待妳。妳婆婆不也一直說朝子最可憐還因此哭了嗎？」

「她嘴上當然是那樣講。」

朝子毫無道理地極為不滿。就像遭逢坎坷不遇的身世，她覺得自己真正的價值沒有獲得肯定，受到不當的貶抑。如此悲痛的自己，明明擁有任性妄為的權利，卻必須對婆婆低聲下氣地道歉，令她對自己也大為不滿。這種任性的、全身發癢的焦慮與憤怒，她只能朝親生母親發洩撒嬌。

朝子沒有發現，她其實已對人類感情之貧乏絕望了。不管死一個人，或是死十個人，除了同樣流淚之外別無他法，這未免太不合理吧？流淚，哭泣，是被當成某種感情表達的衡量標準嗎？在他人的眼中，她到底是什麼人？但將目光移向自己的內在後，這無與倫比的悲哀實質，竟是如此曖昧模糊，令她又感到另一種絕望。

朝子奇怪自己居然沒有倒下。在酷暑中穿著喪服，站了一個多小時還沒昏倒簡直不可思議。有時朝子感到失神暈眩時，威脅她令她重新站直的，是那新鮮的、難以用言語形容的死的恐懼。「看來我比想像中更堅強。」——朝子回頭看著母親，泫然欲泣地說。

朝子察覺自己一點也不為安枝的死感到難過。善良的朝子，絲毫不覺得那是憎惡，但那近似憎惡的理由，是因為安枝的死耗費了四個多小時，害她忘記孩子的死。

當丈夫對父母談到安枝，為了妹妹至死仍是個可憐的老姑娘落淚時，朝子甚至對丈夫感到些微憎恨。

「孩子與妹妹，到底哪個對你更重要？」

——她在心中如此說。

朝子的確幹勁十足。守靈夜之後，該睡卻睡不著，而且沒犯過頭疼。腦袋毋寧堅固緊繃，格外清爽。

來弔唁的客人頻頻關懷朝子的健康，令她一度在不耐煩之下，失禮地頂撞：「請不要管我的身體。反正是死是活都是同樣一回事。」

自殺與瘋狂，都與她現在的心境相距太遠。克雄還在，暫時成了朝子繼續活下去最妥當的理由。然而有時候，朝子看到克雄讓穿喪服的太太們輪流念故事書給他聽的情景，她也會覺得現在讓她能夠說出「幸好當時沒有自殺」的，想必是墮入卑怯的勇氣，以及淪為毫無心力的熱情。這樣的晚上，她會依偎在丈夫的胸前，朝著檯燈放射的光暈周邊，投以純潔如白兔的眼神，她並沒有哭訴，只是一再這麼重申：

「說來說去還是我的錯。是我太不負責任了。怎能把三個孩子都交給安枝照顧，我應該一開始就知道這樣太難為她了。」

她的聲音彷彿是對著深山確認回響，聽來無比空虛。

勝知道妻子這種執拗的責任感意味著什麼。她在等的是某種刑罰。最近朝子甚至堪稱是貪婪的……。

過了二七後，夫妻周遭總算恢復日常生活。這時許多人都建議他們帶著孩子出門旅行好好療養身心，但對朝子來說，不管是海邊、山裡或溫泉都很可怕。她陷入「不幸會接踵而來」這樣的迷信。

某個晚夏，朝子帶著克雄去傍晚的銀座，她要與下班的丈夫會合。他們說好了一起去吃晚飯。

最近克雄只要向母親哭鬧撒嬌，沒有達成不了的心願。父親母親都慈祥到詭異的地步。相對地，父母也把他當成玻璃玩具般小心翼翼對待。穿越電車行駛的大馬路時更誇張，母親會充滿敵意地瞪著那些停在停止線上的卡車與自用轎車，把克雄擁在懷裡快步通過。

看見商店櫥窗賣剩下的泳裝，驚嚇到朝子。尤其是與安枝的泳裝極為相似的綠色泳裝，穿在假人的身上，令她垂眼倉皇經過櫥窗前。走過之後仔細想想，那個假人好像只有身體沒有腦袋。或者腦袋還在，卻是安枝死亡時的面容，在糾結凌亂的整團濕髮中緊閉雙眼。舉凡假人好像都是模仿溺死屍體而製成。

朝子只願夏天趕快過去。夏天這個字眼，本身就伴隨死亡與糜爛的聯想。閃爍的晚夏日光帶有糜爛的火紅。

距離約定的時間還早，於是母子倆走進百貨店。再過三、四十分鐘就要打烊了。克雄想去玩具賣場，朝子只好去三樓，匆匆忙忙目不斜視地走過兒童海水浴用品的賣場前。一群媽媽殺紅了眼正在挑選特價出清的兒童泳褲。其中一個媽媽拿著小小的深藍色泳褲，對著夕陽射入的窗口高高舉起打量。日光照到扣子，刺眼地射向眼睛。朝子覺得媽媽們正在亢奮地挑選死者的壽衣。

買了積木後，克雄想去樓頂。樓頂花園很涼爽，強烈的海風吹得遮陽篷不停翻飛。

透過鐵絲網眺望都市的彼方，只見勝鬨橋與月島棧橋還有停泊在港內的無數貨船。

克雄放開母親的手，站在猴子籠前。朝子發現後連忙摟著克雄站好。許是風的關係，猴子非常臭。猴子額頭擠出皺紋，一本正經地定定看著母子倆。當牠一手鄭重按著屁股移到別的枝椏時，可以看見那老成的小腦袋旁透出紅色血管的骯髒小耳朵……朝子從未這麼感慨萬千地觀察過動物。

籠子旁邊有個具備中央噴泉設備卻不會噴水的池子。池子的紅磚周邊圍繞松葉牡丹的花壇。一個與克雄差不多年紀的小孩，正沿著紅磚上面走路。沒看到小孩的父母在一旁照看。

「掉下去最好！掉進池子淹死最好。」

朝子熱心盯著小男孩踉蹌不穩的步伐。小孩沒掉下去。走完一圈後，男孩察覺朝子熱切的眼神，他看著朝子得意地笑了。朝子沒有笑。她感到那個小孩在嘲笑自己。

——她拉起克雄的小手，匆匆走下樓頂花園。

用餐時，朝子打破有點過於漫長的沉默，說道：

「你也真是的，看起來很開心嘛。好像一點也不難過。」

勝很錯愕，環視周遭的客人。

「妳不懂嗎？為了讓妳打起精神，我費了多大的苦心！」

「我用不著打起精神也無所謂。」

「妳太任性了。萬一對克雄造成心理陰影怎麼辦？」

「反正我本來就不配當母親。」

這下子，那晚的晚餐全毀了。

對於妻子的悲嘆，勝一天比一天消極。男人有工作，工作可以讓人轉換心情。期間，朝子繼續培養自己的悲痛。只要一回家，勝就得配合朝子這樣一根筋的哀聲嘆氣。讓勝變得動不動就晚歸的正是這個緣故。

朝子叫來昔日的女傭，把那些還留在身邊的清雄與啟子的衣服玩具全給了女傭。因為女傭家裡有年紀相仿的孩子。

某個早晨，朝子睡得比平常稍晚一點才醒來。雙人床的另一邊，是昨晚深夜才大醉而歸的丈夫蜷成一團正在酣睡。被窩裡還沉澱著晦暗的酒味。丈夫翻個身，弄得床墊的彈簧吱呀作響。現在只有克雄一個孩子，所以明知這樣不好，朝子還是把克雄睡的兒童床搬進二樓的夫妻寢室。透過夫妻臥榻的白色蚊帳與克雄的蚊帳，可以看見克雄正在呼吸的睡顏。這孩子習慣噘起嘴睡覺。

朝子從蚊帳中伸出手，拉扯窗簾的帶子。被麻布的手感包覆，堅硬的帶子硬塊，令她在早晨發熱的手掌感到一陣快意。她稍微拉開帷幕，窗前的青桐葉自下方承受光線，影子重疊，闊葉叢看起來更加柔軟。吱吱喳喳叫個不停的是麻雀。那些麻雀，每次醒來一叫，大概就會立刻列隊走過屋頂的排水管中。那堅硬匆促的細小腳步聲，從這頭綿延通往那一頭。然後再次往返。朝子聽著這個聲音，不禁微笑。

這是美好的早晨。明明沒理由如此感覺，卻不得不這麼感到。她躺在枕上動也不動，幸福感似乎遊走全身。

這時，朝子霍然一驚。她終於明白自己為何能夠以如此愉快的心情醒來了。今早，她第一次沒有夢見死去的孩子們。本來每晚都會夢到的，昨晚卻沒做那樣的夢。昨晚做的是輕鬆愉快又可笑的夢。

察覺這點，她對自己的健忘與薄情不寒而慄，身為母親不該有的健忘與薄情，令她在孩子們的靈前道歉痛哭。醒來的勝，發現妻子在一旁哭泣。那張哭泣的臉孔不再尖酸刻薄，反倒有一種平和。

「妳又想起他們了。」——丈夫說。

妻子懶得解釋，直接撒謊：

「對。」

既已撒了謊，丈夫沒有跟著哭令她很不滿。如果見到丈夫的眼淚，她覺得自己或許就能相信自己的謊言了。

朝子就這樣漸漸開始懷疑，自己這對夫妻是否真有資格遇上那麼嚴重的悲劇事件。那完全是偶然的作用，但那越是純屬偶然，她就越覺得不適合自己二人。隨著這樣的想法湧現，她覺得要將那起事件的記憶原封不動保留在心底，似乎力有未逮。自己二人，或許也該與世人一樣，就這麼老老實實地逐漸遺忘？

然而，每當這種軟弱的念頭萌芽，朝子就會奮發而起，努力試圖回想昔日曾激烈反抗老人們用來安慰她的「一切都是天注定」這句話時的憤怒。她反省自己當時為何那樣反抗，為何那樣憤怒。想必，那時候，朝子真正害怕的是自己終於死心看開。我們對於死者還有太多該做卻來不及做的事。悔恨是一種愚行，自己煩惱當初本來可以這樣或那樣是一種無意義的徒勞，但那也是我們對死者最後的人力奉獻。我們渴望把死亡，長久地（哪怕只是多一點點時間），挽留在人性化事件、人性化戲劇的範圍內。

朝子徹底體會到悔恨的苦惱，也對悲痛與眼淚的貧乏表達能力感到絕望，但她自認還沒有死心看開。因為在那段時間，異樣的強烈懷疑自死心之外的地方產生。她對那起事件感覺有點虛假。有種嚴重的可疑。有種彷彿褻瀆了過去一家人安泰生活的東西。有種彷彿是對一切幸福抱持惡意的東西。那起事件，和一般的死亡或殺人命案不同，是在根本上非人性的東西。那打從一開始就難以靠人力挽回，從那起事件爆發的瞬間到最後的瞬間，恐怕一次也沒有呈現過人性化事件的面貌吧……

她發現另一種恐懼：原來自己的眼淚與悲嘆全都只是徒勞。夏日即將結束。原本如此渴望夏天過去的她，現在卻連對那個都有一種恐懼。夏天一旦過去，接下來的一整年時間，人們無法再感受到夏天。朝子或許會覺得夏天根本不存在。進而或許會覺得那起事件也不存在……。

至於勝，他向來認為自己無法理解的事物就等於不存在。只有在趕往A海濱的那段車程，他才表現得與平日的他略有不同。後來他在報紙上看到自己一家人的新聞，除了安枝的年齡被寫錯了三歲，整體而言他覺得寫得很好，令他很佩服。他的悲傷幾乎不需要理由。這個異常健康的男人，就像感覺食欲一般地感覺悲傷。一如吃東西可以滿足食欲，流淚也滿足了悲傷。

勝的虛榮心，的確比朝子更強，因此他喜歡看到自己在旁人眼中成為不幸的悲痛父親。像他這樣既有本領又有生活能力的男人，被這種不幸打倒的場面，不僅有減少旁人嫉妒的功效，還能夠產生強者的弱點這種浪漫的魅力。

當他感到妻子的悲傷方式帶有特權的味道後，他在反感之下開始流連街頭喝酒晚歸，但任何酒喝來都不覺得美味，在自己內心藏有這麼速效性的證人總是替他的良心帶來安心感。猛灌喝不醉的酒，有一種克己的快樂。

不忘替克雄帶點小禮物回家，成了勝近來的習慣。克雄雖然也變得生活奢華，但另一方面，想要什麼都能到手，所以他不知道自己該渴望什麼才好，往往露出茫然的眼神。最後，他甚至說自己什麼都不想要。於是這對父母忘了自己有欠考慮，反而擔心克雄是不是生病了。

七七過了。夫妻倆在多磨墓地買了一塊土地，分家後的第一座墓將會蓋在那裡，埋葬第一批死者。安枝到了地下還得被迫繼續當二個孩子的保姆，因為故鄉的親人與勝已達成協議，要將她安葬在同一處。

悲傷，一反朝子的擔憂，再次變得日漸濃厚。夫妻倆帶著孩子，去墓地看看他們買下的地。這時已是初秋。

結婚三年以上的夫妻之間，不可能有任何正經事——這個說法是真的，但悲傷將二人以不同的色調變得正經。一起出門時更是如此。在第三者看來，這應該正是夫妻的共通點也是情感連繫，因此勝與朝子在外人看來想必是一對互相看上對方的認真而結合的夫妻。

這天非常晴朗，暑熱早已在高空之上遠颺。

記憶往往在我們的意識之上，讓時間並行、重複。朝子在這天二度經驗了這種不可思議的作用。或許那是因為這天的空氣與日光太過清澈，連朝子心中無意識的領域，都在日光照耀下變得半透明所致。

在那起事件發生的二個月之前，勝出過車禍但人平安無事。事件發生後朝子帶克雄出門時，絕對不坐丈夫開的車。今天全家出動，勝也不得不搭乘電車。

為了換乘開往多磨墓地的小火車，他們在M車站下了省線電車。勝抱起克雄先下車，朝子跟著下車。由於下車的乘客相當多，朝子下車時車門正要關閉。她看著自己身後伴隨尖銳笛音關閉的車門，然後幾乎是尖叫著，試圖用自己的力氣扳開正要關閉的車門。因為她覺得，一同跟來的清雄與啟子好像被她遺留在車內。

丈夫察覺不對勁，當下抓住朝子的手臂。她就像在人潮中被刑警拽住手臂的女人，以一種大無畏的態度回視丈夫。然後她在下一秒就恢復冷靜，仔細訴說那種錯覺，但聆聽的丈夫感到某種尷尬。因為他感到妻子在誇大情感。

妻子試圖把追憶抓在手中，或是體現在一個動作、一個當下行為中的這種衝動性熱情，勝卻感到誇張做作，這是正當的嗎？朝子非常笨拙地控訴活著的煩躁不安。

開往墓地的古典蒸氣小火車，令年幼的克雄很開心。它有喇叭型的煙囪，高得奇妙，就像穿了高木屐。火車駕駛支肘撐著的木頭窗框已被煤灰染黑，看起來就像是用黑炭做的。蒸氣火車久久低語、嘆氣、磨牙，之後終於朝郊外的平凡田園出發了。

朝子被初次造訪的多磨墓地那片明媚亮麗的景觀嚇了一跳。為了死者，竟開闢如此遼闊的土地。有如此美麗的草皮與行道樹的綠意，還有寬闊的道路。在那些土地的上方是一望無垠的美麗晴空。死者的城市，比活人居住的城市更有秩序，更乾淨。一家人本來與這種東西無緣，如今有了造訪這種場所的資格，卻一點也不覺得晦氣。

勝與朝子都不是迷信的人，但是居喪生活的一切都成立在不祥的事物上，那帶給他們一種安心。這種生活不動如山，安寧閒適，甚至感覺很舒坦。一家人早已習慣死亡，正如習慣墮落的人會有的感覺，他們似乎也正過著不知恐懼的生活。

勝買的那塊地很遠，三人從正門進去走了不少路，弄得滿身大汗。他們好奇地參觀T元帥的墓塚，也看到某座墓很有白手起家的暴發戶那種惡俗品味，甚至還鑲著鏡子，他們不禁笑了。

朝子聽著有點悶的秋蟬聲，一邊嗅聞樹蔭葉叢的氣息中夾雜而來的香火味，不勝感慨地說：

「真是好地方。把墳墓設在這種地方，清雄與啟子想必也有很多地方玩耍不會無聊了。真奇怪，我居然覺得，如果在這裡，對兩個孩子的健康應該大有好處。」

克雄口渴了。道路中央有褐色高塔，周圍刻著圓形階梯，水流過已被染黑了一部分水泥階梯。高塔中心有飲水場，抓蜻蜓的小孩，紛紛把竹竿豎靠在高塔邊，忙著喝水，或是伸出手指去碰噴水口，或是拉扯朋友，打打鬧鬧。偶爾落到外側向塔外噴濺的水，霎時之間，畫出淡淡的彩虹。

克雄是個不愛開口總想立刻動手的孩子。他現在只想過去喝水。由於母親沒牽著他走路，因此他急忙跑過去。母親尖聲問他要去哪裡。「我要喝水！」他邊跑邊說。母親立刻追上來。她的手從後方牢牢抓住他的雙臂。好痛！小孩說。抱怨的同時已陷入恐懼。他覺得好像被可怕的東西從背後緊緊抱住。

朝子蹲在步道的碎石子上，讓小孩轉身面對她。克雄看著呆呆站在略遠處綠色樹籬前的父親。

「不可以喝那種水。要喝水這裡就有。」

母親說著，扭開從膝上的印花提袋探頭的保溫瓶蓋子。

三人終於抵達屬於他們小小的所有地。那是背對多數墳墓新闢出的一區。弱小的黃楊樹稀稀疏疏，但仔細觀察可以看出栽種得很有規律。還寄放在檀那寺[2]的遺骨沒有移過來，因此也沒有靈骨塔。只有用繩子圈起四坪大的平坦地面。

「三個人要一口氣都放進這裡。」

勝說。

這句話並未激起朝子回憶的感傷。超越「很像事實」而是真的可能有那個「事實」是件不可思議的事。如果只聽說一個孩子在海裡淹死，大概人人都會覺得這是可能的，會認為很像事實。但一次死掉三個人就滑稽了。然而，若是死了一萬人那又另當別論。一切過度的事物都帶有滑稽，但是重大天災與戰爭並不滑稽。一個人的死是嚴肅的，一百萬人的死也是嚴肅的。稍微過度的這種才麻煩。

其實，朝子的心裡之前一直拿捏不準這悲傷的尺度。因此她會把安枝的死排除在外去思考，或是把清雄與啟子當成雙胞胎的死亡去看待。當她親眼目睹這個地方時，再次被迫做這種機械性的努力。她也擔心自己的悲傷會不會帶有花花公子那種見一個愛一個的毛病。有些母親會在不知不覺中對某個孩子特別偏心，幸福的朝子從來不知那種傾向，現在卻成了奇妙的道德反省的俘虜。以前她深信身為母親一視同仁的博愛，但現在，就算叫她相信悲傷的博愛都很困難。因為悲傷是最自私的感情。結果，她雖然又回頭努力把清雄與啟子當成悲傷的複合體去感受，但這種努力只不過是把悲傷的實體變得更抽象罷了。

「三個人！開什麼玩笑！一次三個人！」——朝子說。

2 檀那寺在日本是指信徒所屬的寺廟，通常會把家中祖先的牌位放在寺中，在該寺做法事。

這個數目，對一個家庭而言太過龐大，對社會而言太渺小。而且沒有戰死者或殉職者那種社會關係的連結，只是孤獨的個人之死。朝子女性化的自私心態，每每總為這謎樣的數目感到困惑。至於勝，這個多少比較社會化的男人，有一天忽然發現用社會的眼光看待這件事更方便。換言之，那是一種「不是被社會殺死，其實很幸福」的看法。

朝子第二次體驗到追憶中產生的時間並列狀態，是在回程的車站前。距離火車抵達還有二十分鐘。克雄想要車站前賣的狸貓玩具，那是把一團上等白棉花弄得蓬鬆渾圓，再燒焦成狸貓的毛色，加上耳朵眼睛與尾巴，可以懸吊的玩具。

「現在居然還有這麼古老的玩具。」

「看來對現在的小孩依舊有魅力。」

「畢竟是從我小時候就有的玩具嘛。」

朝子從一個瘦小老太婆的手裡買下這個遞給克雄。驀然發現自己在物色周遭的攤商貨品。她是在替應該正在看家的清雄與啟子挑選符合他們年紀的禮物。

「怎麼了？」——勝問。

「我今天不知是怎麼回事，總覺得其他孩子也需要禮物。」

朝子舉起豐腴潔白的手臂，手掌大略比劃出從雙眼往太陽穴搓揉的動作。頓時，鼻孔發出抽泣的徵兆打個哆嗦。

「這有什麼。買就是了嘛。」——勝以拜託別人的口吻性急地說。「把禮物供在佛壇上就好了。對吧？」

「那怎麼行，那樣毫無意義。買的時候必須當成三人還活著才行。」

朝子拿手帕按住鼻子。自己三人還活著，他們死了。那令朝子有種罪大惡極的心境。活著，是何等殘酷。

她再次看著車站前餐飲店的紅色旗幟，墓碑店門口堆積的花崗岩那純白閃亮的斷面，烏漆抹黑的二樓紙窗，屋頂的瓦片，暮色漸沉的天空澄淨如陶瓷的藍。朝子覺得一切都如此清晰可見。這種殘酷的生命實感，令她有種深深的、幾乎失神的安心。

*

隨著秋意漸深，一家人的生活中，安心與和諧的影子也日漸濃厚。夫妻倆當然並非不再悲傷。但勝見妻子逐漸平靜後，基於舒適的安心感與對克雄的關愛，他盡量提早回家，在克雄睡覺後，縱使又提到彼此努力不去碰觸的悲傷話題，一同傾訴那種悲傷也可以當成一種互相慰藉了。

那麼可怕的事件就這樣徐徐融入日常生活中，面對這樣的結果，就好像自己二人犯下的罪行終究沒有被揭發，另有一種摻雜羞恥的恐懼。然而不斷感到三名死者在家庭中缺席的感覺，有時那本身就帶有奇妙的充實感在支撐他們的生活。

一家人既沒有發瘋，也無人自殺，甚至沒生過病。幾乎可以確定那麼嚴重的悲劇幾乎未造成任何影響，什麼也沒發生就過去了。於是朝子無聊了。她開始等待某件事。

看戲或種種娛樂享受，長期以來一直是夫妻的禁忌，但無聊的朝子，漸漸想出正當理由，她認為那種安慰本就是為悲傷的人存在。當時美國有位知名的提琴演奏家來日本，夫妻倆弄到票去聽演奏會。讓克雄留在家中雖是無奈之舉，但一半也是因為朝子想與丈夫共乘汽車去音樂會場。

朝子費了很長的時間化妝。她化了很久的妝來修正蓬頭亂髮度過的歲月。鏡中出現的那張臉孔，足以讓朝子想起遺忘已久的享樂。定睛看著自己臉孔的這種忘我愉悅，該如何形容才好？照鏡子的樂趣遺忘已久，想來悲傷或許就是為了用那種自我中心的固執讓人遠離忘我的愉悅。

朝子接著挑選和服，挑選腰帶。因為不中意，於是一再更換。最後她選了江戶紫[3]的匹田絞[4]染外出服，搭配綴錦腰帶。這是女人衣裝中最奢華的打扮。坐在汽車駕駛座等候的勝，看到走出門口的妻子那美麗身影為之驚豔。

接著朝子一身打扮在公會堂的走廊處處惹人注目，勝非常滿意。然而，朝子感到不管自己看起來再怎麼美麗都不可能因此滿足。以前若能得到這麼多人注目，她會心滿意足地返家，但現在這種不知饜足的不滿，好像是因為來到這種熱鬧的場所

3 江戶紫即江戶染出的紫色，是帶有藍色調的紫。自古以來紫色就被視為高貴、令人憧憬之色。

4 匹田絞是一種絞染法。整面染滿比小鹿身上的斑紋略大的方塊圖形。

才讓她發現自己的悲傷尚未痊癒。其實不是那樣的。這才是孩子們死後她感到的莫名不滿，這是她覺得自己遭逢如此不幸，卻未得到相應待遇的不滿以另一種方式呈現。

音樂的確也對朝子造成情緒上的影響，她眼神寥落地走過走廊，與熟人打招呼。那種眼神與對方說出的安慰之詞特別搭調。其間，熟人向朝子介紹同行的一名青年，青年沒聽說過那起不幸的事件，因此他沒有安慰朝子，只是與她進行泛泛交談，對提琴家提出兩三句不過不失的批評。

「那個人有點沒教養。」朝子望著人群那頭已經走遠的年輕人頭髮閃現的光澤暗想。「他沒有像別人一樣對我說出安慰之詞。照理說，他不可能沒發現我落落寡歡的樣子。」

青年的個子很高。他的腦袋在人群彼方高出一截特別顯眼，一轉頭，可以看見他帶笑的眼睛與眉毛，還有顫巍巍掛在額頭的碎髮。至於他的談話對象只能隱約看見髮頂。是個女人。

朝子感到嫉妒。她希望青年對自己說的，難道是別的特定話語？這麼一想，她的道德靈魂為之戰慄。她不得不認為這種心情是不合常理的。朝子從來不曾對丈夫感到不滿。

「會不會口渴？」

與熟人道別後，丈夫來到妻子身旁說。

「那邊有賣橘子汽水。」

那頭的賣場前，人人正舉著插吸管的橘色液體瓶子。朝子就像近視眼的人常做的那樣，蹙眉以懷疑的眼神看往那邊。她一點也不渴。她想起在墓地給克雄喝煮過的涼開水，不准他喝飲水場自來水的那一天。危險不是只針對克雄。那橘色的液體中，好像也混有無人察覺的微量毒素。

音樂會之後，朝子那多少有點瘋狂的享樂欲開始覺醒。這種認為自己必須及時行樂的應然意識，很像復仇的熱情。

不過，她並非因此打算外遇。不管去何處都是與丈夫同行，而且朝子自己也如此期望。

令她良心不安的原因，毋寧至今還在繞著死者們打轉。出去玩樂歸來，看到已被女傭哄睡的克雄熟睡的小臉，她會因此想起死去的二個孩子的睡臉，頓時滿心責怪自己熱中於這種消遣娛樂。有時她的享樂欲，好像讓她更方便如此不斷醞釀良心的譴責。

丈夫因工作關係，會招待外國人去料亭或酒家。他們又恢復了失去孩子之前的習慣，迎接客人時朝子也會主動出面。她的待客態度非常周到，她自以為是在演戲的開朗與快活，比起昔日無憂無慮時，反而更鮮活地贏得客人的歡心。

「妳越來越懂得如何待客了。」勝也這麼說。「把那當成演戲就是社交的祕訣。真的自己也樂在其中時，我看起來反而會很冷淡吧。」朝子說。

週日白天為了克雄安排了外出的計畫。親子同遊動物園，去郊外野餐。一直受寵愛的孩子容易變得任性，但夫妻倆對這樣的危險視而不見，陷入一種拿他們對孩子將來的所有期待作為代價，換得孩子長命百歲的錯覺。至於教育者的理性，在他們眼裡看來很愚蠢。

勝對朝子愛打扮的行為漸感恐慌，他期待妻子能夠把心思放在學習一些才藝上，但只能說她天生就欠缺這種資質。把心思放在別的方面來遺忘悲傷這種老套的手段，帶有欺騙自己的卑劣。說到享樂欲，那絕對不可能如痴如醉。率先出現的是空虛。催促鞭策她的也是空虛。

朝子漠然環視新鮮的表演與活動，當丈夫不在時，陪伴她同行的人是從昔日同窗的有閒夫人中挑選出來的。某位夫人迷戀上少女歌劇[5]的男角。朝子雖覺可笑，但還是和這樣一組人一同用餐。

夫人不斷送禮物給男角為之沾沾自喜。她喜歡把這種無罪的放蕩，當成最高機密說給朝子聽。

她們也去過舞台後面的演員休息室。男角穿著白色燕尾服，歪身坐在友禪[6]花樣的坐墊上。周遭的牆上並排掛著第二場以後的西班牙衣裳，底下擠滿了一整排仰慕者。她們幾乎不發一語，只是凝視男角的一舉一動，連大氣都不敢出。

5 少女歌劇是全部由少女或年輕女性表演的歌舞劇。例如寶塚歌劇團的演出。
6 友禪本是江戶時代京都知名的扇繪師。他畫在扇子上的那種畫風廣受歡迎，於是人們將之運用在衣服與布料上稱為友禪染、友禪花樣。

朝子不喜歡少女歌劇，似乎是因為那些演員與觀眾幾乎都是處女。當然像這位夫人的異例也很多。但至少演員幾乎都是處女，這點不容置疑。

這個穿白色燕尾服飾演男角的演員就是處女。她什麼也沒得到，什麼也沒失去。她看著手鏡，以纖細的指尖修飾口紅，一邊苦思該如何投入角色扮演這個假男人。正如在場的觀眾想像男人，她自己也在想像男人，在那裡有超乎錯覺以上的、想像力的共鳴成立，宣傳文案通常會把這樣的心理作用以「夢」這個名詞概括言之。

如今，朝子對於人生經驗與夢境的複合狀態只感到麻煩。她並非像一般女人捨棄夢想那樣捨棄。另一個更明確的夢，比起處女懷抱的夢想，更有力量去壓服她的現實。其實應該是朝子更「浪漫」才對。

「是我懷胎十月生下孩子」——朝子想。「然後又失去了孩子。想必沒有比這個更嚴重破滅的夢了。在場的這些人沒有一個人知道那種事。」

朝子忽然渴望再生一個孩子，尤其想要個女兒。但她還沒有懷孕的跡象⋯⋯。她想起自己曾把啟子帶到鏡子前，替她化上成熟妝容的有趣回憶。就像貓咪天生喜愛柴魚，小女孩天生都喜歡粉底與口紅。啟子模仿母親，在噘起的小嘴塗上口紅，還伸出小舌頭舔唇。啟子說，一點也不好吃。啟子學會了乳液（skin lotion）這個名詞後，在幼稚園老師拿出康乃馨（carnation），問她「這是什麼」時，她居然回答「乳液」。還有，老師在黑板畫出古琴，問她「這是什麼」，她想了一會，回答「這是走廊」。還有，她總是把歌名記得七零八落，當她向朝子報告了海軍出身的小叔叔教她唱歌的事，得意洋洋地說，「啟子會唱愛國親親（進行）曲，還有空手（攻守）堅固如黑鐵，還有宜哥（驪歌）喔。」……這麼回想久了，朝子憂心即將誕生的孩子會不會也只是活在母親的回想中。朝子早已沒把握可以抱持以前接連生下三個孩子時，那種對未來天真放任的態度了。說到生孩子，現在的她還在過於努力地讓自己活下去。至少這種狀態，恐怕會持續到她能夠遺忘悲傷為止……。

那位夫人朋友催促起朝子了。四周響起鼓噪。差不多到了該出場的時間。

因為要穿過舞台後方回觀眾席，朝子與友人的腳步稍嫌太慢。兩人被推擠到下樓來的半裸舞群之間，彼此擠丟了對方。朝子在這脂粉味與絲絹的窸窣磨擦聲中，看出自己稱為享樂的東西實則有種無藥可救的混亂與駁雜。舞群們一邊交換簡短的大阪腔對話一邊朝舞台亂哄哄衝去。她看見一個舞者的黑絲褲有一大條裂縫被縫補過。這種樸實的縫補痕跡，親密觸動朝子樸實的心靈。她忽然想起安枝，想起那個喜愛洋裁的處女帶給一家人生活的意義。安枝等於扮演一家人的注腳。關於年輕夫妻與孩子們一家人的幸福那種什麼也沒說明的費解，這個老姑娘的存在已在不知不覺中提供了說明。

縫補過的黑絲細腰，混入其他一大群黑色細腰，消失在舞台布景背後的微明彼方。朝子終於找到急著趕上開幕而已滿臉通紅的朋友，朋友大老遠就舉起手提包向朝子打招呼。

那晚回家後，朝子立刻把褲子縫補的事告訴丈夫。勝多少感到情色的興味，但他不知妻子是抱著什麼心態敘述這件事，因此只是默默笑著聆聽。之後妻子突然說想要學洋裁把他嚇了一跳。女人的突發奇想令他難以消受，而這已不是第一次了。

朝子開始出門學洋裁。她變得不太想出去玩。她毫無原由地自認已變成注重家庭的女人，再次檢視自己的周遭。事實上她的確產生「直視生活」的念頭。

被她重新審視的生活周遭，歷然呈現長期放任不管的痕跡。她有種長旅歸來的心境。她整天忙著收拾，往往念頭一轉，又整天洗衣服。中年的女傭突然被搶走工作很是困惑。

從鞋櫃找出清雄的鞋子，還有啟子那雙天藍色的縮絨小鞋子。這些充滿回憶的物品，令不幸的母親沉思良久，有時整日痛快落淚，但這些遺物似乎全都很不祥，因此朝子連適合克雄穿戴的也沒留下，懷抱著異常崇高的心情，連絡投入慈善事業的朋友，全數捐給了孤兒院。

朝子每次踩縫紉機，克雄就會有更多新衣。除了洋裁，製作流行的帽子也令她著迷，但是她無暇專注在那上面精益求精。踩縫紉機時的朝子忘了悲傷。機械的聲音與單調的動作，將感情的不規則起伏與鬆弛的音律寸寸斬斷。

朝子甚至覺得奇怪，為何過去竟然沒有嘗試這種把自己的感情封鎖在機器的精神體操。不過不可否認的是，機器殺死感情的這種結果，是出現在朝子的心理不再像以前那麼抗拒的時期。有一次縫紉機的針戳到手指，疼痛之後，立刻冒出血珠，凝結成紅色的一滴。朝子很害怕。她覺得這種痛楚與死亡有連帶關係。

接著她有點感傷。即使這麼小的奇禍也可能會招來死亡，雖然她基於想追隨孩子們於地下的心願越發起勁踩縫紉機，可惜安全的機器之後再也不曾戳到手指，更不可能殺死她。

……即便在做那事之際，朝子也沒有因此徹底滿足。她依然在等待什麼。而這種無法說明的期待，有時會針對丈夫卻期待落空，那往往成了夫妻彼此整天冷戰的隱性吵架種子。

冬天漸近。墓地早已建好。手續大致辦妥。

冬季的寂寥，總是令人想念夏天，因此夏天那場可怕的回憶在夫妻生活投上更鮮明的影子。但這個回憶，近似故事。在冬天的暖桌或暖爐邊，如此這般，一切都難免帶上故事的色彩。

朝子其實也反省過，自己那麼強烈的悲痛其實是一種故事，也就是說，是一種情感的怠惰。這麼一想，一切「不該發生的事」就變得很清楚。包括那起悲劇事件的異樣巧合也是，若視為故事就會很清楚。

但她沒勇氣連二個孩子與安枝還在世時的生活也粉飾為故事。因為重新喚回那種現在回想起來才真正像是故事的幸福，對於現在的她而言正是最現實的東西。

*

嚴冬時，朝子有了懷孕的徵兆。從這時起，「遺忘」第一次猶如理所當然的權利造訪夫婦的心裡。這次懷孕，丈夫與朝子自己兩人都無比慎重。因為他們認為平安生下孩子是不可思議的，胎兒夭折才是理所當然。

一切都很順遂。新的情節，在它與舊時記憶之間畫下界線。悲傷其實早已治癒，接下來，只需要一點主動承認治癒的勇氣，朝子藉由懷孕這種外在力量，終於得到了勇氣。

那起事件歸根究柢是怎麼回事，夫妻倆沒有多餘的心力追究，它就已過去了。或者是沒必要追究地任它過去了。從那時起，朝子嘗到的絕望，並不單純。那是遭遇如此巨大的不幸卻沒有發瘋的絕望，是依然保持精神正常的絕望，是關於人類神經強韌程度的絕望，朝子無一遺漏地嘗盡這些絕望。令人陷入瘋狂、走上絕路的，必須是多麼嚴重的事件？抑或，瘋狂屬於特殊的天分，人類在本質上絕對不會陷入瘋狂？

拯救我們免於瘋狂的是什麼？是生命力嗎？是自私自利嗎？是狡滑嗎？是人類感受性的局限嗎？我們對瘋狂的無法理解，就是拯救我們免於瘋狂的唯一力量嗎？抑或，人只能得到個人的不幸，無論是對生命再激烈的懲罰，都是事先衡量過個人生命能夠承受的程度才賦予的？難道一切都只不過是考驗？但純屬理解的錯誤，在這種個人的不幸中，往往也只不過是脫離理解的空想嗎？

朝子的心裡也有這種理解的焦躁。面臨那樣的事件，雖然面臨，卻難以理解。理解通常是事後才會出現，解析當時的感動，進而加以演繹，試圖對自己說明。如此一來，對於自己面臨事件時的情感反應，朝子不得不產生不滿。那種不滿，的確比悲傷本身更長久地留在心間，猶如殘渣沉積在心頭久久不散，就算現在想要重新來過，也做不到。

她沒有對自己情感的正確性灰心。因為她是個母親。同時，她也沒有停止懷疑自己情感的不正確。

這種場合，現實不足以撫慰人，但終於在她肉體內部萌生的現實，卻對長期輕視那個力量的人們展開報復。那是生育，胎動。被內部現實驅使的這種感情生活，對於不可能受孕的男人而言，只有懷抱思想的男人才知道。

某種並非真正的遺忘，卻如池面薄冰般的遺忘，首先覆蓋了朝子悲傷的記憶。這薄冰難得破裂。但一夜過後又有同樣的薄冰覆蓋水面。

遺忘發揮它真正的力量，在夫妻不知不覺之間。它緩緩浸潤。找到稀少的縫隙浸潤。宛如肉眼看不見的黴菌侵入組織，進行有耐心、卻很紮實的作業。朝子在自己也沒發現的情況下，做出在夢中抵抗夢的人那種無意識的動作。這種時候她極為不安。她在抗拒遺忘。

朝子認為，遺忘在自己內心孕育的力量，是來自逐漸成長的胎兒的力量。那多少有些蒙騙自己的誤算。它其實是另一種東西。遺忘只不過是藉由懷孕得到力量罷了。事件的輪廓漸漸破碎模糊，變得曖昧不清，最後風化，解體。

夏空之中，的確曾有過具有白色清晰輪廓、風姿可怕的大理石雕像出現。它變得像白雲一樣模糊，缺了胳膊，少了頭，手裡舉的長劍脫落。記憶中那令人寒毛倒豎的石像表情，徐徐變得柔和、朦朧。

我們的生命並非只有令人覺醒的力量。生命有時令人沉睡。活得好的人並非是永遠清醒的人，而是有時能夠毅然入睡的人。

一如死帶給不願凍死的人難以抗拒的睡意，生有時也會給渴望活下去的人同樣的處方。這種時候，想活下去的意志，意外地藉由那意志之死而生。

現在襲擊朝子的，就是這種睡眠。難以支撐的真摯，企圖固定的誠實，生命輕鬆自如地輕盈跳越這些東西之上。當然朝子想保護的並非誠實。她想保護的，是死亡強加的剎那感動如何完全活在意識中這個題目。這個題目，想來，在朝子不知情之際必須有一個殘酷的前提：死也只不過是我們生命中的一起事件。說不定，當她目睹孩子們死亡的瞬間，在悲傷襲來之前，早已背叛了他們的死。

朝子極為善良單純的心，本來就不適合這種分析。她的表情，比起以前多了一種愚昧。那是得知某種事，開始懷疑某種事的人才有的愚昧表情。昔日一無所知時天真的朝子，想必看起來反倒更像一個俐落聰明的年輕母親。

有一次，收音機播出廣播劇，內容是描寫失去孩子的母親。朝子聽了立刻關掉收音機，但她這種處理追憶的壓力時的俐落手腕，連她自己都很驚訝。對於沉溺悲傷時那種近似墮落之歡愉的歡愉，身為即將生下第四個孩子的母親，會產生一種道德上的厭惡。這和幾個月前的她相比是多麼大的差異啊。

為了胎兒不得不拒絕晦暗的激情。不得不保持心理均衡。這些精神衛生上的禁忌，比起拖拖拉拉黏乎乎的遺忘，更讓朝子滿意。首先她感到自由。從一切戒律中感到自由。那正是仰賴遺忘的力量，但朝子很驚訝自己居然能夠如此隨心所欲地處理自己的心。

回想往事的習慣也在不知不覺中消失，即使忌日誦經或掃墓時沒有落淚，也不再感到不可思議。她感到自己變得寬容大度，好像什麼都能原諒了。比方說春天來臨，她帶著克雄去附近的公園散步，即使看到大批孩童埋頭玩沙子，她也無法再像悲劇剛發生時，一看到別人家活得好端端的孩子就會感到憎恨與嫉妒。因為她的寬恕，這些孩子得以無憂無慮地活著。朝子以這樣的方式感到社會的活力。

而遺忘，在勝的場合，的確比妻子更早來臨，但我們不能因此就說勝薄情。感傷地沉溺在那種悲傷中的毋寧是勝。男性通常基於花心多情的天性會比女性更容易流於感傷。勝承受不了感情的持續，確定自己的悲傷並未執拗地追著自己不放後，頓時感到孤獨，於是瞞著妻子小小地出軌。但他立刻就厭倦了。朝子已有孕在身。他就像回到母親的懷抱，匆匆回到朝子的懷抱。

事件，如同漂流者與船隻殘骸告別，也與一家人的生活告別遠去。時間讓他們甚至可以用當日報紙讀者看到社會版一角的同樣看法，去看待那起事件。他們甚至懷疑自己不是事件的當事人。或許只是站得最近的目擊者？當事人全都死光了，死亡令他們永遠與那起事件扯不開關係，但我們若要涉及歷史事件，就必須賭注我們的存在在那起事件占有幾分。勝夫婦賭上了什麼？先不談別的，他們有那個下賭注的閒工夫嗎？

事件遠遠地，如海岬燈塔的燈光發亮。就像A海濱南方的爪木崎那座旋轉式燈塔明滅閃爍。不只是無害，更成為有益的教訓，從具體的事實搖身變成概念性的比喻。它脫離生田家的所有，變成一個共有物，就像燈塔的燈光照亮荒蕪海岸，照亮徹夜露出白色獠牙啃噬寂寞岩石的海浪，照亮海岬周邊的樹林，它也照亮了日常生活錯綜複雜的社會周邊。人們應該可以從中得到教訓。那是淺顯易懂早已被一說再說的單純教訓，凡是有孩子的家長，當然都得銘記在心。那個教訓是這樣的：

「若要去海邊戲水，必須不停監視小孩。人總是在意想不到的場所溺水。」

勝夫妻並非是為了這樣的社會通俗概念而犧牲二個孩子與一個老姑娘。只不過三人的死，湊巧支持了這樣的通俗概念。英雄之死也只能產生同樣功效的例子不勝枚舉。

朝子的第四個孩子是女兒。生於晚夏。一家人無限歡喜，勝那對住在金澤的父母接到消息後，專程來東京看新生的小孫女。勝順便也帶他們去了多磨墓地。

這個女兒被命名為桃子。母女倆都很健康。朝子對育兒早有經驗。克雄也很開心自己有了妹妹。

*

又到了翌年的夏天。那是事件發生的二年後，桃子出生的翌年夏天。朝子忽然說想去A海濱，把勝嚇了一跳。

「妳是怎麼了？以前不是說這輩子都不會再去A海濱嗎？」

「但我就是想去。」

「妳真是怪毛病。我可一點也不想去。」

「是嗎？那就算了。」

朝子沉默了兩三天。之後又開口了。

「我還是想去Ａ海濱。」

「那妳自己一個人去。」

「我一個人去不了。」

「為什麼？」

「因為我有點害怕。」

「既然害怕那妳幹嘛非要去？」

「我想大家一起去。那時也是因為有你在才讓我安心。如果是和你一起去就不怕了。」

「如果待太久，還不知道會出什麼事喔。況且我也請不了太久的假。」

「只住一晚就行了。」

「那裡畢竟不方便嘛。」

勝再次質問朝子想去那裡的理由。朝子只說不知道。勝想起平時愛看的偵探小說慣用的套路。於是暗忖：

「據說殺人凶手會奇妙地冒險回到自己殺人的場所旁觀，朝子或許也有那種奇妙的衝動，想再看一次孩子們死亡的海岸。」

當朝子第三次，並未抱著太大的熱切，只是以同樣平板的口吻重複同樣的提議時，勝顧及週末人潮擁擠，終於決心利用平日請一天假出門。當地旅館只有一間永樂莊。他預訂了一間盡量遠離那不幸房間的客房。朝子依然不同意丈夫自己開車。夫妻倆帶著克雄、桃子，一家四口從伊東包車過去。

時值盛夏。沿路房屋的後面，只見向日葵如獅子聳起鬃毛。汽車的塵埃，飄向向日葵大剌剌的花朵表面。但向日葵泰然自若。

當左邊的車窗出現大海時，克雄為睽違二年的大海發出歡呼。此時的他已經五歲了。

夫妻倆在車上很少講話。由於車子晃動太劇烈，並不適合好好講話。桃子不時說出她能懂得意思的字眼。在克雄教會她「海」這個字後，她從窗口指著另一邊的紅土禿山說「海」。勝覺得克雄好像在教小寶寶什麼不祥的字眼。

抵達永樂莊。與前年一樣，是領班出來迎接。勝給他小費。勝鮮明地想起，彼時自己用抖個不停的手也給過這個男人一千圓小費。

旅館今年很不景氣，門可羅雀。在房間安頓好後，勝想起昔日種種，心情變得很糟。他當著孩子的面罵妻子：

「又不是沒地方可去，幹嘛非要來這種地方！回想起來全是不愉快的事。好不容易才忘記這下子又得一一想起。這是桃子出生後的第一次旅行，其他更好玩的地方明明多得是。有哪個笨蛋會在最忙碌的時候特地請假來這種地方！」

「可你自己明明答應了。」

「那還不是因為妳嘮嘮叨叨非要來。」

院子的草地在午後陽光下熾烈燃燒。一切皆如前年。塗了白漆的鞦韆上，晾著深藍色、綠色與紅色的泳裝。套圈台的周圍，散落著兩三枚圈圈，半埋在草叢中。院子一角有安枝當日陳屍的樹蔭。樹梢灑落的陽光在空無一物的草皮上形成斑紋，眼睛驀然一花，就好似在安枝那件綠色泳裝的起伏上灑落斑點。是因為光影不停隨風遊移，才會產生這種幻覺。勝並不知道那裡是安枝躺過的地方。產生幻覺的只有朝子一人。就像當日勝還不知情時，已經發生的悲劇也等於不存在，不知道安枝在那裡躺過的勝，肯定永遠只會把那一隅視作什麼事也沒有的安靜樹蔭。更別說是旅館其他一無所知的房客了。……朝子不得不產生這種念頭。

見妻子沉默，勝也懶得再責罵。克雄從簷廊跳下院子，撿起套圈圈用的圓圈。他沒有丟出去，只是把圈圈在草地上滾著玩。小孩蹲在地上，熱心觀看圈圈滾動的去向。圈圈伴隨影子在凹凸起伏的草地上笨拙滾動，忽然像跳起似地倒下，在影子上疊合。克雄動也不動地看得目不轉睛，彷彿圈圈會自己爬起來。

沉默中占據周遭一整面的蟬鳴，令勝感到脖頸一帶冒出的汗水。他想起做父親的義務於是站起來。他說，「走，克雄，我們去海邊吧。」

朝子抱著桃子跟隨。一家四口從院子樹籬的小門走向松林中。可以看到大海，只見海浪在這一帶的海岸迅速奔來，閃著粼粼波光向周遭擴散。

這是可以繞過假山去海灘的退潮時間。勝拉著克雄的小手，穿著旅館的木屐走在滾燙的沙上。

海灘沒什麼人。一頂海灘傘也沒看到。穿過假山下方，眼前已是海水浴場的一角，但放眼整片海灘也不足二十人。

四人在水邊駐足。

外海今日也有大片夏雲。雲在雲上累積，充滿如此沉重光芒的莊嚴質量，飄浮在半空中令人感覺很奇異。在那上半部的藍天，有宛如掃帚掃過的輕揚雲絮豁達綿延，俯瞰這橫亙水平線上的鬱積雲層。下方的積雲正承受某種事物。覆蓋光與影的過剩形態，用明快音樂的建築式意志，收緊了所謂晦暗不定形的情欲。

大海就在那片雲的正下方，朝著這廂，幾乎無所不在。海洋比陸地更顯得遼闊無垠，入海口也不會給人鉗制住大海的印象。尤其這裡的灣口寬闊，看起來好似大海從正面侵犯一切。

海浪掀起。將要垮下。破碎。那轟隆巨響，與夏日陽光苛烈的寂靜如出一轍。那幾乎不是聲音。應該說是貫穿耳朵的沉默。而四人的腳下，海浪抒情的變身，那已不再是海浪，或該稱為海浪輕微自嘲的餘波微漣，撲過來又退回去。

勝看著身旁的朝子。

朝子定定看著大海。任由頭髮被海風吹起，面對強烈的陽光毫無退縮之意。她眼泛水光，看起來幾乎是英氣凜然。嘴巴頑強地抿緊。懷裡擁著頭戴小草帽年僅一歲的桃子。

勝覺得好像曾多次見過妻子這樣的側臉。自從那起事件後，妻子就不時心神恍惚地露出這種表情。那是等待的表情。是在等待某件事的表情。

「妳現在，到底在等待什麼？」

勝很想輕鬆地這麼問。但他說不出口。那一瞬間，即便不問，他好像也能明白妻子在等待什麼。

勝不禁悚然，他用力握緊克雄的小手。

——一九五二、八、一五

昭和二十七年十月《新潮》

煙火

古代的大將有所謂的替身。電影也有替身演員。實際上也的確有彼此毫無血緣關係卻容貌酷似的例子。

暑假即將開始，就讀C大學的我正在四處打聽暑假有無待遇較好的打工機會。這時，我找了窮苦學生A君商量，基本上他什麼兼差都做過。暑假後半，我將返回仙台的故鄉，在那裡度過剩下的假期，因此暑假前半段時間必須好好賺錢。

我在A君的陪伴下，用一整天的時間前往他建議的地方試了兩三家，結果都碰壁，再不然就是條件不佳。A君為了慰勞整天受挫已精疲力盡的我，帶我去一家他偶爾會光顧的酒館。

那間酒館，就在兩國的國技館附近，許多下級相撲力士和力士的助手雜役都會來喝酒，是非常便宜且令人安心的店。A君為何會知道這裡呢？原來，在夏季場所大相撲比賽時，他應徵替相撲力士打雜跑腿的工讀生，穿著綁腿褲工作期間，在同事邀約下第一次來這裡喝酒。

到了店裡一看，由於相撲力士去外縣市巡迴比賽，不在東京，因此客人看不出明顯特徵。

我們立刻在餐台前坐下。身材豐滿、動作靈活的老闆娘，送來A君點的燒酒與小菜。A君說了兩三句世故的玩笑，最後問道：「有沒有什麼不錯的打工機會可以介紹給我朋友？」我很尷尬，一邊暗想A君犯不著講那種話，一邊默默啜飲燒酒。

「噢，這位也是學生嗎？」

老闆娘有點驚訝地說。

我們穿著襯衫與制服帽，帽子放在椅子上。

「他是我同學。這小子看起來不像學生嗎？」

A君拎起我的帽子，放在餐台上。

「那倒不是，只是這位平時都打扮得很時髦，我沒想到是學生。對了，今天這還是兩位第一次一起光顧呢。」

「喂，喂，你不是第一次來這裡嗎？」

「是第一次呀。就連兩國，都是第一次來。」

「哎喲，還想裝傻，真過分。」

我的冤屈難以昭雪。老闆娘執拗地主張我曾數度上門，A君也責備我「毫無理由的撒謊」不肯善罷甘休。

就在這時，入口的繩簾晃動，一個穿深藍色馬球衫與淺色長褲的男人走進來。他像要把木屐到處亂踢似地誇張登場。

「嗨，晚安。」

他殷勤地對老闆娘說。

我們簡直嚇呆了。因為那個男人，無論是容貌或年紀，都與我一模一樣。尤其是老闆娘，當下失聲驚呼：

「你們說不定是雙胞胎呢！」

她自己似乎被那平凡的幻想取悅，一邊慫恿我倆結拜互認兄弟，一邊請我們喝酒並把酒帳記在她名下。於是，我們明明沒什麼意願，卻被介紹給那個男人認識，不得不一起喝酒。

老闆娘的介紹並不周到。

「這位是某先生。」

「這位自稱是河合先生。是C大學的學生。」

老闆娘好像不知道那人的姓名，男人也沒有主動報上姓名。不過他是個快活親切的年輕人，所以對於與他同席，我和A君都沒有太大異議。他大概是附近的工匠或送貨員，而我是大學生，所以他覺得不好意思報上職業吧。

「真的長得好像。」

起先，這個感嘆成了唯一的共通話題。喝多了之後，我與他的差異漸漸明顯。比方說那個男人喝酒時低頭把嘴湊到杯邊的動作，說話咬字清楚卻喜歡講到一半驀然噤口的習慣，還有他徹底迴避理論性話題的態度，笑的時候只有眼睛不笑的感覺……隨著這種差異越來越清楚，那些東西好像明確地在我眼前組成一個與我不同的人格，令我安心多了。畢竟和自己一樣的臉孔一直在眼前晃，多少令我有點不安。

男人對相撲的話題表現出興趣。而提起那個話題的，當然是A君。

「你挺了解相撲的事嘛。」

男人說。豪爽磊落的A君接著回答：

「我之前打工，就是穿綁腿褲替相撲力士打雜的。」然後，當我察覺情況不對想阻止時已經來不及，「有沒有什麼好兼差可以介紹給河合君？」A君直接挑明。

「兼差啊？」

男人倏然自酒杯上方瞄我一眼。

他的眼神銳利，眼瞳卻文風不動。明明快活親切，整體卻給人一種陰沉的印象。似乎就是因為有這種眼神，當我被他這樣注視時，總覺得自己好像被當成物品看待，感覺很不舒服。

「對了。煙火怎麼樣？你朋友參與相撲，你搞煙火，彼此有點關連豈不是挺有趣的？」

「煙火是什麼意思？」

一問之下，原來七月十八日兩國要舉辦開河納涼祭，有鑑於過去雇用相撲雜役的好經驗，柳橋[1]一流的茶室正在招募學生當天兼差當雜役。那間茶室叫做菊亭，是柳橋數一數二的名店，據說待遇應該相當優渥。

「怎麼樣？」男人以不算熱心也不算漠不關心的平板語氣繼續說，「……我現在才想到，工資固然不錯，而且還有機會收到小費。河合先生，你知道現在的運輸大臣岩崎貞隆這個人嗎？」

「看過報紙上的照片。」

我想起經常被當成漫畫人物的那張長臉、暴牙、白髮、卻又異樣莊重的臉孔。

「長臉的……」

「對，我知道。」

「那位大臣一定會來看煙火。到時候，你就盯著他的臉看個兩三次。不能開口說話。只要用片刻時間，像要在他臉上盯出洞似地看著他就行了。這樣子，事後就會領到大筆小費。我不騙你。真的只要定定看著他的臉就行了。」

「聽起來好奇怪。」

「就用你那張跟我一模一樣的臉。」

我重新審視男人的臉。若是品質拙劣的鏡子，恐怕還無法如此清晰地直接映出我的臉。我不是美男子。但也不算是醜八怪。說到特徵，大概就是長相看起來有點

---

1 柳橋位於東京的台東區東南端，面向隅田川。自江戶時代就是知名的料亭街。

陰險。眉毛與眼睛靠得太近，鼻梁算是相當挺直，但嘴巴很大，看起來不夠精神。我覺得自己的嘴很像狗嘴暗自惱恨。至於說我額頭矮、臉皮黑，那就有點太過了。

見我不知如何回答，

「當然，要不要應徵是你的自由，但你如果去應徵，（我保證會被錄用），領到了大筆小費的話，那筆小費咱倆平分吧？放煙火的隔天晚上，我在這間店等你。」

這段對話，早已忙著招呼其他客人的老闆娘與店員都沒聽見。

A君很反對，但我按捺不住好奇心還是去應徵了。而且果如男人所言，立刻獲得錄用，對方叫我在開河祭當天一早過去報到。

七月十八日當天，不巧一早就時雨時陰。之前那幾天，一直是天色陰霾沒下雨的天氣。

早上一去，店裡就發給大家所謂的通行證。下午三點起各地會進行交通管制，因此要出去跑腿辦事時，必須亮出這張紙片。

通行證上有編號，印刷的內容是：

昭和二十八年兩國開河祭

日期　昭和二十八年七月十八日（週六）雨天順延

下午一點——九點半

觀眾席入口　國電、都電淺草橋車站前

（請將本證給警衛看）

主辦者　兩國煙火小組

末端蓋有「菊亭」的朱紅印章。

上午，我穿上麻底草鞋與染有「菊亭」字樣的日式大褂，一邊擔心天氣，一邊把桌子搬進包廂，或者替院子的座椅席釘板子，還要去連絡警察，忙得團團轉。到了下午雨暫時停了，於是接到今天還是要如期舉行煙火大會的通知。

我以前從來沒見識過所謂的花柳界。想必再沒有比這個更能挑起鄉下學生的好奇心。為了一夜煙火耗費的龐大金錢，當然是因為有客人來店裡的消費可以支撐，但說到這麼大筆的浪費究竟是為了什麼目的，打工的學生全都一頭霧水。藝妓們也打扮得花枝招展在包廂四處打轉，對我們卻不屑一顧。眼前有另一個世界在旋轉，不得不感到要我們的小齒輪也加入那個旋轉實在太難了。

菊亭的門內放著給雜役們坐的矮几，因為平日的鞋櫃不夠用，灑過水的石板地面左右二側，設有寄放鞋子的架子。所有可以看煙火的包廂，全都縱橫放滿了臨時準備鋪上白布的桌子。套盒便當、伴手禮與煙火節目單，以及玻璃杯、小酒杯、筷架上紅白兩色印有壽字的喜慶專用免洗筷等等，全都整整齊齊在桌上排放好靜待客人光臨。面河的庭院，放了三層臨時湊和的桌椅，分別掛上以毛筆書寫客人公司名稱的紙條。樹梢每個枝頭都掛有無數啤酒公司的燈籠，五顏六色地掛在電線上隨著河風晃動。店裡坐不下只好安排到河上的位子，是幾艘停靠在河邊的船上的座位。

船隻已在隅田川到處穿梭，河中央也有幾艘裝載煙火施放架子的船隻浮在水面。河岸擠滿一群群搬出椅子與矮几的人，所有樓房的窗口與樓頂都擠滿了人頭。管制交通的警察們，到處拉起的自治會帳篷，人們無所事事亂哄哄地來往穿梭……在這些東西的上方，白天看不見的煙火正不斷碰碰作響，衝破還在零星落雨的天空。唯有看不見的煙火散發出的氣味，可以在飄來的硝煙中聞到。煙霧不時籠罩河面，只能隱約看見鐵橋。這時，激昂的汽笛破霧而來，電車響徹四周行過鐵橋。

三點過後，高級汽車絡繹於途。玄關應接不暇。老闆娘端正跪坐在玄關口的紅氈毯上，一會與客人打招呼，一會對藝妓與女服務生下令。總之大家都很亢奮，像無頭蒼蠅般瞎忙，或是以高亢的聲音說話。不時還會被煙火的爆炸聲打斷對話，這種時候，大家就會仰望雨越下越大的天空，說聲真不巧。連這樣的時候也很亢奮。

我們設在門前的矮几上方搭了篷子。每當客人抵達，穿大褂的漢子們只要站起來行禮就行了。跑過去替客人開車門的人可以領到小費，因此這個任務由雜役之中似乎本來就是領班，身材矮小神色好強的老人一手包辦。其他的雜役就原地待命等候任務，萬一有身分不明的傢伙想混進來，只要把人趕走即可。

工讀生只有幾個。我豎起耳朵偷聽其中二人的對話。

「聽說今天有二位內閣大臣要來。」

「嗯——」

「是運輸大臣與農林大臣。」

「叫什麼名字？」

「運輸大臣應該是岩崎某某吧。至於農林大臣，好像叫什麼內山。」

「喂，看不到煙火很無趣耶。」

「可惜天色都快暗了。」

從背對河川的門口這裡，想必最不容易見到煙火。

「讓我看一下那個煙火節目單……啊？『柳逢雨後日月陣雨』、『拖曳錦紅露』……完全看不懂這是什麼東西。」

我探頭過去，瞥見被燈籠照亮的節目單。

「爭奇鬥豔名妓舞」

「銀色花園」

「連珠噴火龍」

「千代田之名譽光輝」

「五色瓔珞」

「層層朦朧花吹雪」

「升天銀龍五色花」

單子上全是這種好像格外絢爛的抽象名詞。

五點過後，大雨沛然。只見男男女女以手帕遮頭跑過路上。煙火不斷轟隆炸響。屋頂上濺起的小雨滴爭相向上彈跳，高級轎車陸續停在門前。

天色漸暗，不時可以從帳篷的邊緣，看見天空綻放巨大煙火的一星半點。

這時，那個負責開車門的老人坐不住了。趁著客人沒出現時，

「可惡！好想看啊。就算把工資全數奉還，也想上二樓包廂看煙火。」

他憤然嘖了一聲逗笑我們，但那好像不是開玩笑而是他的真心話。

因為大雨，使得船上與院子座席區的客人不得不移到一樓包廂，為了整理因此產生的混亂，過來叫四、五個男人幫忙時，老人竟斷然放棄之前獨占的好差事，率先加入那四、五人。總之只要過去院子幫忙，至少可以看見煙火。

此時門口的帳篷這邊只剩三、四個人。

消息不斷傳來，有人說，為了怕煙火被打濕，現在正把精心設計的字形煙火全部先點了火。原本被安排在節目各個段落施放的字形煙火，就這樣在剛入夜沒多久就一個不剩地全數放完。

六點過後。客人逐漸轉為稀稀落落。

熟悉的女服務生匆忙露面，

「岩崎先生還沒到吧？怎麼這麼慢。」

說著，也不等回答又走了。

時間到了七點多。一台高級黑漆轎車停在門前，是政府的公務車。

我不假思索跳起來，撐著傘主動過去開車門。門燈隱約照亮車內，只見一名紳士屈身而坐。他正忙著把什麼看到一半的文件收起來，可是做得不順手而耽誤了時間。因此，我得以有充裕的時間看清已透過漫畫熟悉的岩崎運輸大臣的長相。

長臉、暴牙與白髮一如照片。但他給我的第一印象，是看起來很累，膚色不健康地泛著青黑。從前我還以為大臣應該更紅光滿面。

因為他收拾文件費了太多時間，為了避免雨水飄到車內，我只好把本已整個拉開的車門，又半閉回去。察覺我的動靜，大臣不經意抬起臉。那幾乎和他直起身子準備下車是同一時間。

隔著窗玻璃，大臣的眼睛與我的眼睛在瞬間對上。

但我從未像這一瞬間般，親眼目睹人類的臉孔產生完全可以用「失色」來形容的變化。恐懼在一瞬間染上他的臉。

臉部肌肉與神經的剎那收縮，被我清楚看在眼裡。我甚至擔心，大臣會不會在臨下車時，由於過度恐懼反而朝我撲過來。

然而，岩崎貞隆默默把頭伸進我的傘下，這次雖然臉頰緊繃異常疏離，但他就這麼任我把他一路送到玄關口。

老闆娘與藝妓以歡呼迎接大臣。他再也不曾轉頭看我，在女人的簇擁下沿著發出檜木光澤的走廊遠去。

……我呆呆回到帳篷下。

「怎麼樣？他給小費了嗎？」

一個關係親近的工讀生問。被他這麼一問，我這才發現自己一毛小費都沒拿到。接著襲擊我的情緒，不是對金錢上小家子氣的不滿。而是想起大臣臉上那不知原由、如此強烈的懼色，這次換我感到更加不知原由的恐懼。

……大約過了三十分鐘左右，女服務生過來叫我，說老闆娘找我。我感到莫名的悸動。自己扮演的角色，好像很不得了。

但那只不過是我的一種強迫觀念。老闆娘叫我去，其實是為了委託我做一件只有工讀生才能搞定、相當需要運用頭腦的連絡工作。她以清朗的調子吩咐我替她跑一趟自治會的帳篷。

老闆娘交代事情時是把我叫到一樓包廂的走廊。包廂鋪了紅毯，那個緋紅色在我傾聽老闆娘說話之際也射向我的眼睛，美麗的藝妓或站或坐的影子亦不停地在那上面移動。我瞄到桌上已是一片凌亂。附近響起爆炸聲，室內不斷竄過閃光，客人與藝妓們的驚嘆聲也此起彼落一波接一波。

我接下任務，沿著漫長的走廊回頭走向玄關。

這時有人踉蹌下樓。我閃身讓到牆邊。

那是被兩三名藝妓簇擁著走下來的岩崎運輸大臣。他好像已經有點醉意，但是臉上看不出來。被華麗衣裳圍繞的醜陋黑西裝，給人一種異樣孤獨的印象。

這次他直勾勾地看著我。沒有像起初那樣流露明顯的恐懼，但是可以看出他拼命與意識到的某種黑暗恐懼格鬥的痕跡。他眉也不挑，眼也不眨地對我審視完畢後，沒讓藝妓們察覺他對區區一個雜役行注目禮，立刻眼睛一轉，緊貼我身旁走過去。然而，我感到岩崎那文風不動的表情，反而曝露他內心愈演愈烈的恐懼。

當我為了連絡事項走到戶外時，雨已變小了，對於放煙火這件事而言這是諷刺的天氣。行人經過時，還在議論今年的煙火碰上雨天沒啥看頭。

向老闆娘回話後，她叫我去院子那邊幫忙收拾，於是我就去收拾已被雨水淋得濕答答的戶外桌上的東西。啤酒公司的燈籠被雨水沖掉顏料，顯得垂頭喪氣。這麼窩囊的燈籠，還不如破掉落地更有可看性。

我趁著收拾瓶底積了一點雨水的空啤酒瓶時，順便眺望還在頻頻升起煙火的河面。風向的關係，令硝煙自菊亭的庭院飄向河上，覆蓋一整面。船隻的馬達聲自煙霧中接近，船簷下的一排燈籠若隱若現……就在這樣的過程中，煙火掉下的白色紙製小降落傘，倏然落到濕桌子上牢牢貼住。

我們搬運整疊髒盤子時，與撐傘從船隻上岸來的外國客人錯身而過。外國女人用雙手豎起草綠色風衣的衣領，依依不捨地朝著剛才搭乘的船一再回首。

雨勢已緩和變成濛濛霧雨。對岸反而因此朦朧，聳立的鐵橋成了平板的剪影。

我仰望天空，終於可以盡情觀看煙火。

伴隨炮聲般的巨響，火柱突然自河面升起。火柱頂端，朝著天穹去勢凌厲地不斷竄升。升到頂點後炸裂。無數銀色的星星呈圓形散開後，內側又有或紫或紅或綠的同心圓跟著層層綻放，內側的圓早早消散。等到外側的圓形散去，又有橘色的一圈在較低處綻放，大量的水滴形光點從那裡墜落。一切消失。

下一枚煙火很快升起。有的煙花一邊綻放種種花朵，一邊曲曲折折升起。接著下一枚煙火爆發的火光，立體地照亮前一枚煙火的殘煙。

我傾聽叫囂與笑聲，不經意仰望二樓。

看不見喧囂的源頭。只見某人的臉孔正倚欄向下望。太暗了看不清臉孔。轟隆巨響中，煙火再次升起。青色不自然的光芒，倏然照亮那人的白髮與長臉。

岩崎貞隆的臉色因恐懼而慘白，露出異常孤獨、受虐的表情，以目光定定追逐我的身影。

我的眼睛，第三次與他的眼睛對上。那一瞬間，我也正確地與他一樣受到不知原由的恐懼襲擊。說不定，是我的恐懼，如此明確地，讓我直覺對方那深刻的、無處容身的恐懼。

……之後運輸大臣假裝極為自然地避開我的視線，那白髮頭顱就這麼隱沒在欄杆後。

過了三十分鐘左右，一個陌生的年輕藝妓從簷廊朝著院子裡的我招手。我一走過去，她就迅速交給我一個厚厚的紙包。

「這是岩崎先生給你的。」

她說完就要走。

「岩崎先生已經走了嗎？」

「現在剛走。」

藝妓板著臉撂下這句話後，以紫色渲染煙火花樣的白色皺綢和服肩膀，就這麼沒入走廊深處的人群中。

——當然，隔天晚上，我去兩國的酒館見了那個男人。因為那個紅包的金額就算是平分也太多了。

男人來了，也沒說謝謝就收下自己的那一份，替我的杯子倒滿酒，

「如何？我說得沒錯吧？」

他說。

「我很驚訝。」

「沒什麼好驚訝的。因為你與我長得一模一樣。換言之是因為被誤認為我。」

「不見得吧？」我努力開朗地提出異議。「……說不定對方就是因為知道我不是你，所以感到安心，才會送紅包給我？」

我這是不成理由的理由，但我們還是拿這種無傷大雅的議論下酒，喝到很晚才分手。我當然也有一點想打聽可怕真相的危險好奇心，但男人的那種眼神，終究令我沒有問出口。

昭和二十八年九月《改造》

顯貴

上

在我的學生時代，世間仍有所謂的顯貴這等人物。如今這種人消失後也不覺可惜，想必是因為我並非出自顯貴之族。在顯貴人士之間，肯定至今仍有深深的惋惜。

在此，我想描繪昔日那個時代的某人肖像，我的筆觸或許會流露懷念，但絕非針對那種顯貴人士，請各位理解那只是我對亡友的追憶。

話說回來，我要描繪的肖像畫，最好是早期銀板攝影的相框那種用螺鈿或金銀花紋裝飾的橢圓形，而且那個半身像最好是側面照。因為他的側臉擁有日本人罕見的俊秀，他的鼻子是標準的羅馬鼻，他的嘴唇邊緣的凹陷很像希臘雕刻的嘴唇線條，在幾乎沒有血色的白皙臉龐上，嘴唇的淡紅格外醒目。

而且我描繪他的筆觸，想必會與佩特[1]的短篇小說〈艾美拉德．阿斯瓦特〉或〈賽巴斯汀．方．斯托克〉或〈羅森莫特的卡爾公爵〉的筆觸類似。這種筆觸並非我刻意追求的目標，而是對象的性質就有如此要求。

我該以何種風格著手描繪這幅肖像畫才好？無論如何都必須有佩特描寫主角的容貌時，那種微妙的寫實與透明的抽象性交織的態度。他在描寫人物的長相時，就像荷蘭派的肖像畫家，也會同時描繪出人物的精神生活。想必對他而言，精細描寫某種優美風貌，與描寫精神生活是一樣的，因此佩特的小說所到之處皆呈現出這樣的雙重摹寫。而他在自然描寫的抽象性，同時也如實呈現日暮昏黃風景的那種疲懶的官能味，在他的所有作品中那種似乎過度透明的抽象性，同時也直接與官能銜接，所謂物象的明瞭輪廓，直到最後都沒有清楚呈現。

我認為自己只能這樣描寫柿川治英。況且從少年時代到死亡，治英的關注焦點始終不離繪畫。

治英後來成為了宗達[2]的卓越鑑賞家，但對於繪畫，我在想究竟是什麼一直吸

1 沃爾特・佩特（Walter Pater，1839-1894），英國作家、批評家。英國唯美主義運動的代表人物。

引著他。靜止首先抓住了他。畫面的完結性接著抓住了他。他的父親是收藏家，因此治英的成長環境充斥東西方的各種名畫。

面對繪畫，我們會忽然感到，畫家的作為凝聚，撲面而來，成群結隊而來，到了我們的數步之前，突然靜止完結。那種感覺就像是列隊行進的軍隊，一聲令下，突然在我們眼前停止。

打從少年時代，治英似乎就對充滿陶醉的人生及外界事物抱有某種疏離感。他天生就對狂熱的事物敬而遠之，缺乏他那位有名的伯父每次出去打獵都會散播八卦話題的招搖稚氣。我從他還是小少年時就認識他，（不過當時我比他更年少），但我從未見過如此缺乏稚氣的少年。

不過他雖遠離狂熱，倒也不是那種會報以冷笑或嘲諷的人。他只是天生就有一種溫和、沉穩的漠不關心。

他對繪畫的關注，想必就是從這種漠不關心開始。治英把繪畫當作不會強迫他做任何事的藝術而喜愛。畫家如果聽到這種對繪畫的定義或許會氣憤，但對他來說就是如此所以沒辦法。

日後我在加州帕薩迪納的美術館，看過庚斯博羅[3]的名作〈藍色男孩〉。那時治英早已過世了，但我卻在畫中看到少年時代的治英。

那是個非常俊美的少年，但是缺乏生氣與活潑，傲慢的白淨額頭與疲憊的眼神還有小巧的朱唇，替那張臉增添特色。那種看似疲憊的眼神，簡直與治英一模一樣。

迥異於音樂、戲劇或小說這類會刺激人、包容人、推動人的藝術，對治英而言，美術，尤其是繪畫，做為鑑賞對象幾乎具備了完美的特質。因為，它絕對不會威脅到安靜的藝術鑑賞家抱持的被動態度。秉持禮節以同樣被動的態度回應的藝術，除了繪畫別無其他。那是在一個框架內，在一個平面內，呈現出那單薄、容易受傷的素材。美必然是在這個平面之內開始在此結束，就像絕無洪水氾濫之虞的淺湖，只是靜水無波。

音樂自然不用說，就連文字都會令人想起聲音。但唯有繪畫，可以守住完全的寂靜。日後想起治英的英年早逝，不難理解在他短暫的生涯當中，何以會對具有占

2 宗達，江戶初期與尾形光琳並稱的大畫家。

3 托馬斯・庚斯博羅（Thomas Gainsborough，1727-1788），英國著名的肖像畫家。

領時間、填滿時間這種特質的藝術感到生命的威脅。對他而言時間就是生命，繪畫成了讓那短暫的生命瞬間停止、延長的手段。相較之下，無論再短的音樂，好像都只會侵蝕時間，讓生命在陶醉之中縮短，比正常狀態更早結束生命。

治英的確在避免陶醉。然而這世上不知有多少人都認為活著就是陶醉。治英把生命與陶醉視為幾乎完全相反的概念，雖然活著卻把生命視為長度有限的卷尺，而且堅持不慌不忙，早已習慣用同樣的速度一再重複那個。說不定他之所以不愛音樂，也是因為他感覺自己的生命與音樂擁有同樣的機制。或許是因為他早就知道，音樂本身絕對不會陶醉。

想必對這世間一般少年來說，無法相信還有那種不帶一絲狂熱的安靜鑑賞家的幸福，但他多虧有那疲憊的眼神，生來便擁有鑑賞家的資格。不只是平靜的美，他也認同大膽的美，用柔和且漠不關心的視線，去看待畫家的瘋狂與不幸。基於不可思議的貴族特質，他似乎從來不會像一般青年那樣，為自己無法對那些瘋狂與不幸產生共鳴而感到羞恥。

在那個戰爭時代，當許多青年把戰爭當作自己熱情的證據時，治英只是秉持天生的癖性輕聲嗤之以鼻，主張平和的失敗主義。他從來不曾憧憬軍帽與軍刀乃至短劍，他就像冷酷的孩童輕視殘疾者那樣輕視所謂的軍人。

打從初相識，我就震驚於他這種強悍。會輕視行為世界的青年必然擁有某種哲學的矜持，但治英沒有任何哲學，他只是在那疲憊優美的本能命令下行事，從來不曾被行為世界魅惑。

於是我想，他這種對行為的厭惡，應該是來自更深更遠之處。他是將軍家的分支，祖先是道地的武士家族，因此似乎是在歷代祖先的血液中，孕育出他對戰爭與軍人與行為的厭惡。

……某個夏日，記得大概是剛要放暑假的時候吧，我去了治英的住處。

那是在舊市內的老街一角，從電車站出來走個兩三分鐘，彎曲的道路就直接通往巨大的鐵門前。

前院遼闊得足以容納一間普通小學。放眼所及盡是碎石子地，中央有松樹茂盛的小島，那裡是下馬車之處。進了大門的右手邊是一排長屋平房，古老的車庫就在長屋邊上。

中央後方聳立的，是青銅圓頂的洋樓，左右兩側有翼樓，左邊是遮蔽院子的木板牆。洋樓中央共有三層，窗子被夕陽照得火紅。沒有任何動靜，幽深的蟬鳴籠罩一切事物。

但這寬宏雄偉的宅邸，刻畫著類似治英眼神的疲憊暗影。那不只是因為建築物的古老而產生的印象。總覺得在那裡，支撐大廈的精力已嚴重衰退，建築物正面的大理石色調也給人一種退潮後的印象。

我不期然地想起他對美術的偏好。他喜愛牧谿[4]，也喜愛塞尚，但若是逼問他真正的最愛，最後他肯定會舉出西方華鐸[5]的〈西堤島巡禮〉，以及東方宗達的〈舞樂圖〉。這種選擇未必能表現出青春年少的絢爛喜好，或許只能證明，比起過於孤獨的藝術，他更喜愛被權力的影子守護的幸福藝術。不管怎樣，那是相當大膽的選擇，一般青年就算心裡這麼想，也不見得能夠輕易說出那種喜好。

雖然那座宅邸絕不到荒廢的程度，但由於在戰時難以修繕，因此看起來格外疲憊，住在這種房子裡的治英，之所以鍾愛那些或多或少是在諸侯庇護下誕生的古代美術品，也許就是因為樂見其中潛藏古代諸侯的力量，可以看見喪失的權勢幻影。

他父親的身體很虛弱，年輕時就已辭去一切公職，據我所知，他還以美術收藏家、藝術愛好家的身分寫過兩三本著作。治英過世後我第一次見到他父親，和我以前的想像分毫不差。

……話說回來，我繞過碎石子的馬車下車處，站在足以讓汽車打橫停靠的昏暗巨大玄關前。青銅門扉上有浮雕，兩個橢圓形的小窺窗周圍，也綴有徽章的葵花圖案。我按下門鈴。等了很久。終於聽見打開門鎖的聲音。

屋內很暗。出來接待我的，是個戴眼鏡的中年瘦削男人，他穿著日式大褂與白足袋，板著臉毫無笑容。

玄關中央是鋪著紅地毯的大型樓梯。於樓梯下方的左側看似寬敞走廊之處，在牆上掛著壁毯，排放著古典的木頭桌椅，當作接待處。管家恭敬地把年少的我帶去

4 牧谿，宋末元初的禪僧、畫家。在日本備受尊崇。

5 安東尼．華鐸（Jean-Antoine Watteau，1684-1721），十八世紀法國洛可可藝術的代表畫家。

那裡，

「請稍候片刻。」

他說。

我坐在一張椅子上等候。玄關旁的彩色玻璃窗流淌血色。管家離開後，家中悄然無聲，令人懷疑這裡是否真有人居住。雖然傍晚悶熱無風，但接待處卻意外很陰涼。

過了一會，踩著大樓梯地毯的輕微腳步聲下樓來，是治英站在階梯上，胸口抵著欄杆俯視我，說了一聲「嗳」。他只不過比我年長三歲，對朋友的打招呼方式，卻毫無年輕人的活潑。

過去我一直迴避他熱愛幽默的一面，以及他也不可避免的虛榮心那一面，但隨著一再前往柿川宅，治英每次都帶我去不同的房間令我感到奇怪。後來我才知道，每次帶我參觀形形色色的豪華房間是他的一大樂趣。

我第一次造訪的這天也是，他先帶我從走廊外圍前往寬敞安靜的和室。那個房間被打掃得很乾淨，但還是不像有人居住。我記得當時朝南的院子草皮，被樹影完全籠罩，只有栽種的節節草沐浴在夕陽餘光中，令暗綠色格外顯眼。這叢節節草完全不像植物的無機質綠色，在滿院的樹木與雜草及草皮的青色中，反而顯得詭異地鮮活。風吹來也不會晃動的植物，安靜得超乎必要的那一叢……。

「跪坐很難受吧。還是坐西式椅子……」

治英率先起身，拉開和室與洋樓之間的杉木門。窗子很小，因此西式房間很暗，恐怕會被大量家具與裝飾架絆倒。

「你等一下喔。我先開燈。」

我靜靜在放置大花瓶的圓桌旁等待。

室內亮起燈光。但那並非尋常的電燈。壓迫頭頂的巨大水晶吊燈，自天花板中央垂掛，幾乎占據房間的上半部，如今燦然發光。玻璃的晃動與倒映放射出複雜的光芒，使得室內樣貌為之一變。

治英指著掛滿牆上的畫作說：

「這個房間全是明治時代的油畫。」

那些全是黑田清輝[6]與岡田三郎助[7]之類，色彩沉穩風格寫實，帶有巴黎官方美展畫風的作品。

……被這樣的畫作圍繞，治英與我開始聊起的，很遺憾，並非高雅的美術談。我倆一一舉出學校教師們的滑稽癖好，治英用他那天生帶著鼻音的音調，巧妙地模仿每個教師的口音。但那和學生特有的快活模仿略有不同，是那種高高在上俯視眾生，也因此格外幽默、冷漠的諷刺畫。

中

在治英的身上，並非完全缺乏表現自我的欲望。他寫過一些小說，也畫過許多油彩風景畫與靜物畫。但那些作品看不出任何才華，充斥的是堪稱有氣質的平庸。他對院子出沒的蛇產生興趣，也寫過以蛇為主題的小說。那種懶洋洋睏倦欲眠的筆觸，完全佚失了這種小動物的光彩，但是可以清楚看出他寫得非常用心快樂。

對於自己欠缺人性情感絲毫不覺苦惱的他，對於自己欠缺才華當然也完全不覺苦惱。在學校校刊的評議會上，當自己的作品遭到毫不留情的批判攻擊時，他那泰然自若的態度堪稱一大奇觀。最後，大家知道無人可以刺傷治英，就此緘默了。

他悠然散步於美感之中。比方說他會不知厭倦地仔細眺望宛如大海饗宴的夕暮光影變化，但若說他為此感動那恐怕不正確。他好像有點把大自然當成粗野的東西不肯信任，不僅如此，他甚至有一點輕蔑大自然的傾向。看到晚霞時，他會尋找它的缺點，把染上暮色的雲層其不勻整的形狀視為構造上的瑕疵……他的眼睛，似乎也在溫和地譴責那種色彩的過度使用方式。

暴烈的大自然、險峻的山脈、狂風暴雨、波濤洶湧的大海……對這類東西，治英也毫不關心。他從來不怕閃電雷鳴與地震，但他對於那些，似乎顯然發現了品味之惡劣。

初夏的日暮時分，院子樹蔭下的草叢之間微洩白光遊走的蛇鱗，也讓這樣的他萌生某種難以說明的喜悅。於是他寫出男人愛上蛇的平庸故事。不過說到他自己是否戀愛過，我認為值得懷疑。他全憑摸索與不可靠的推測描寫戀愛，而且那種描寫

---

6 黑田清輝（1866-1924），西畫家。有「日本近代西畫之父」的稱號。
7 岡田三郎助（1869-1939），西畫家。尤其擅長女性肖像。

方式看起來就很不情願，可以清楚看出，他從一開始就在迴避打破感情均衡的那種經驗。

月亮是如何自微亮的庭院邊緣升起，風是如何微妙地拂過雜草而來……描寫這些東西時，治英的筆下至少還帶有些許熱意。試圖矯正大自然的排列與不均衡的這種繪畫欲求，在他身上發揮作用，但他絕對不肯直接認可的外界反而會從那過度均整的構圖背後曝露。

他不容許不潔，但也沒有青年特有的偏狹潔癖。

他為何事事都採取這種過度中庸的生活態度？直到他的徵兵檢查不合格後，才在我們面前揭曉祕密。原來醫生宣告了，治英患有恐怕是不治之症的心臟瓣膜症宿疾。我們這才明白他平時就臉色欠佳的原因，也才知道他何以一直懼怕過勞。朋友們甚至覺得終於解開了治英身上的所有謎團。大家認為，他在眾人眼中的那種貴族特質原來都是心臟病的緣故。

但我並不這麼認為。人可以把疾病與自己的個人特質完美調和，變成合身的外衣。尤其長年的宿疾更是如此。治英對和諧的敏感意識，或許令他老早就把這種宿疾也納入和諧之中，成了他與生俱來的性格一部分。這種病必須避免過勞，或許反而強烈庇護了他那種迴避陶醉與熱情的性格傾向。因為，日後我曾見過氣色更好、性格也截然不同的瓣膜症病人。

治英經常談到夢境。那讓大家備感無聊，但他卻絲毫不知收斂。他的夢有時帶有色彩，可以看見巨大的鳥影掠過夕陽籠罩的原野，有時看不見鳥，汽車車庫卻在深夜發出可怕的動靜，結果和平時的車子不同，是靈車匆忙駛出，或者院子的草皮轉眼變成紫色，那個紫色漸漸侵蝕簷廊，把在那裡玩耍的嬰兒也變成紫色……總之全是充滿不安的夢，但治英卻好像非常開心，一邊輕輕哼出鼻音，一邊以幽默的口吻娓娓道來。想必只要與夢境有關，就算是不和諧或破壞他也都能容忍，但那或許是因為他連這種夢境都漠不關心。

治英愛貓，在他造訪某位津輕城主親戚的舊領地時，發現當地方言喊貓咪「恰貝」，而覺得十分有趣，因此一再提起那件事。有一次，貓順著椅子跳上他的桌子，在他正在閱讀時以頭摩挲他的下巴。這隻小動物藉由無比柔軟的身段讓生存的恐懼撲了個空，也難怪治英會深愛牠的懶惰、牠的貴族式任性，以及牠的諂媚。

當貓咪光滑的小腦袋撫過他的下巴時，他覺得彷彿觸及朦朧泛著淺黃的慵懶官能世界。那是絲毫不要求他具有人性關懷，剎那即逝，曖昧不明的官能世界。

全然無懼於青春的不透明，一直活得泰然自若的治英，也透過某種感覺的發現，感到某種對於深奧規範自我存在的東西日漸覺醒。貓咪柔滑的毛皮觸感，彷彿突然啟示了他這些年來追求的是什麼。那是建立在他對其他對象漠不關心之上的愛，不能強求任何人性的義務，是不用對自己做出絲毫妥協的官能型式。但他懷疑那種東西是否可能存於人們身上。

治英也漸漸明白，過去他對自己喜愛的無數繪畫所付出的，與其稱為知性的關心，毋寧是這種官能性的關心。和諧與均衡的感覺，與之毫無矛盾。

實際上，從他過往精神生活的素描也可看出，他看似無聊，有時甚至看似平庸，都意味著他為了迴避一切陶醉因此也迴避了知性的陶醉，對於那種陶醉進行的知性探究等閒視之。他顯然畏懼知性事物。治英發現，如今若要避免一切陶醉，最快的捷徑就是琢磨自己的官能形式，讓它獨自成立。

該如果精煉官能？那主要是詩人們嘗試的修行方法，並非適合治英的試煉。比方說面對一朵玫瑰，不靠任何知性理解與概念，全憑官能的命令，變換各種角度打量這朵玫瑰。不用指尖剝開那鼓起疊合的花瓣，而是牢牢觀察那沉重花瓣疊合的天然構圖，同時思考玫瑰深深包裹的祕密。……但這種詩人的自我鍛鍊，是為創作而磨練官能的方法，與治英的不同。治英的獨特之處，就是他並未與任何創造連結，在絕對荒蕪不毛的意識中，他試圖將官能利用到極致，如此這般在自我覺醒的同時，治英放棄了半吊子的小說與繪畫創作，斷然與創作分手。

乘著夏日傍晚吹過高大山毛櫸樹梢的風，傳來小鳥歸巢的啼聲時，治英總會把那些大自然隨性而為的美麗，用自己冰冷的官能過濾一下，試著接納。對他而言，冷冰冰的畫布與畫紙有自己的心，他只能喜愛定著在那上面的東西。外界還保有體溫，那回應他的呼聲所產生的狀態令他不安。他只能認同彷彿只是單純反映他的感覺的那些外界事物。人類必須排除這個。

秉持官能與陶醉對峙，這其實是他試圖從生命削去一切陶醉的生存方式中，當然該發現的結論。為了迴避陶醉而磨練官能，他身體力行這種悖論，企圖把自己打造成一個純粹的官能性存在，而且是絕對無感的官能性存在。不是批評家也不是創作者，而是在理論上更純粹的美術鑑賞家，就這樣在他的內在誕生。

一幅畫早已存在那裡，就等於是比任何事物都鞏固的既定秩序存在。既定的社會秩序、法律與道德都難以與之相比。為了保障他對知性的漠不關心，再沒有比一幅畫擁有的既定秩序更強大。若是現在，我可以概略摘要如下：這種想法，或許以完美的比例混合了戰時青年偏狹的美學生活，以及流動在他血液中的祖先權力政治殘影云云。……然而，我必須先遵守肖像畫家的分際。

藝術的官能性理解，是藝術最幼稚的欣賞方式，同時也必須是最高度的欣賞方式。從穿著三件頭西裝露出金鍊懷錶的紳士看到裸女雕刻產生生理衝動的場面，到治英企求的那種高度官能性享受，其中想必有無數的階梯、無數的微妙差異。治英夢想的境界，不是藝術家的生活——而是意志與計算的生活，是極少能夠成就的藝術生活領域。在那裡，官能沒有主動發揮，而是一直躺在貴妃椅上，任由各種細微的藝術性事物圍繞他，討好他的感覺，安撫那種感覺。他周遭的世界靜止，完結，已無須再懼怕任何動搖的徵兆出現。世界已經結束了。這也是應該的，因為沒有結束的、還在生成途中的，都已被徹底封鎖了。

這種關在密室的官能經過陶冶，無論是朦朧的色彩濃淡、風景與靜物人物的優雅形態、金箔打底的洲嶼描寫、傍晚天空留不住晚霞的微妙色調、唱歌跳舞的人們額頭落下的不安陰影、以大膽構圖安置的烏黑橋桁、在畫面角落吠叫的小狗、夕暮中蹣跚的小灰蝶、以幾何學方式切割畫面的堅固古老家具、畫卷有多長就有多長的細細流雲……這些全都帶給治英官能上的魅惑，一如我們在異性肉體身上感到的魅惑。對於這個結束的世界，只能以官能包覆。

陶醉會過去。如疾風掠過。所以治英不會回顧陶醉。他冰凍的官能，就像冰凍的花朵永不枯萎，化剎那喜悅為永恆。就像昔日創作金碧屏障畫[8]的畫家們，用絢爛的屏風與紙門包圍當權者的視野，用那瞬息萬變的現象遮住他們的眼，治英也以自己的觀念之力，在自己的周遭豎立五顏六色的屏風，如此這般遮蔽了大自然。在這個世界之中，已經沒有人類悟性發揮的餘地，也沒那個必要發揮。

……而屏風外，轟隆巨響盤旋天際，不停丟下炸彈，人們拼命逃竄，戰爭已接

8 畫面貼上金箔施以華麗濃彩的壁障畫與屏風畫。盛行於桃山時代至江戶時代初期。

近尾聲了。

下

戰爭結束。不久治英便結婚了。

那個消息令我們大吃一驚。因為無人能夠想像治英愛著女人肉體的場景。

之後有段時間我沒見過治英。聽說他出版了關於宗達的小著作，也聽說他為了支付財產稅不得不賣掉那棟豪宅，他們一家人搬到小房子。後來我接到消息說他們夫妻生了個女兒。當時，即便與治英偶爾在街上相遇，他也不再開口邀請我去家裡玩了。

戰後的混亂令我們的交遊零落，戰時的交情好像已成陳年往事。因為我們要是死在戰爭中就好了，可今後我們還得活下去。

治英是怎麼活下去的呢？

女兒出生的翌年夏天，才進入初夏，治英的身體就不大舒服，容易疲倦，只好去看醫生。醫生說他應該只是過度疲勞，至於最近持續不斷的低燒與盜汗，正如X光所證明的絕非肺結核，只是神經過敏罷了。這個診斷雖讓治英安心，但他依舊異常容易疲倦，低燒與盜汗的症狀也沒解決。

於是他把這些症狀歸因於初夏氣候變化過大導致身心失調。這種做法，顯然與他以前的習慣背道而馳，老實承認自然環境的影響，照理說已經違反了他的主義……。

之前在戰時，（當然也是因為有龐大的財產保護），他得以蔑視大自然，也能夠超然於外界影響之外。外界連他的一根手指都碰不到。如今究竟是什麼樣的草木、什麼顏色的果子，可以將他端麗潔白的肌膚染色？

他開始重新認真審視造成自己低燒與盜汗的周遭自然環境。五月是一連串時晴時雨變化多端的日子。嫩葉強烈的氣息、灑落在仍殘留各地廢墟上的豐沛雨水……望著那些，治英思忖自己以前如此抗拒的大自然，或許潛藏著與自己的肉體有關連的事物？如今大自然該不會是企圖向他復仇吧？把自己的肉體視為大自然的一部分，是過去的治英難以容忍的想法。他曾以為那是最噁心、最褻瀆的想法。

陣雨過後，雲間射下一道光線，照亮廢墟的暖爐磚塊，以及被雨水沖洗後白得發亮的石板路面，看著那個，治英如釋重負，甚至感到以前從來不知的恩寵。但願這樣澄澈的日光可以永照大地，這樣的話一切好像也會進展順利，就此埋葬不幸。而且事實上，當時身體的不適也的確好轉，自己似乎朝著健康再次邁出了堅定的一步。

然而，就在這樣的過程中，治英想要從大自然的莫測變化與自身頑固不變的病情之間找出某種因果，好像變得越來越困難。他的症狀，如同他精心磨練的官能一樣頑固，似乎本來就與大自然無關。「我不可能是個有心病的男人。」他想。這種確信不可能比醫生的診斷更不可靠。

於是治英替自己做診斷，自己擬出一個任何醫學書籍都找不到的病名。「我八成是因為長時間與那些東西接觸，就像搞邏輯學的學者會中的那種毒，自己肯定也中了藝術品的毒。」他想。對了，他沒有從事任何創作，只是憑著純粹的官能，享受藝術至今，所以一定是藝術的美學毒素在他身上作用，才會引起低燒與盜汗的症狀。再加上妻子委婉的建議，於是治英請來了打從戰前就在顯貴之間頗有名氣的按摩師。雖然按摩師打包票說，只要治療幾次便會完全康復，但是並未看出那樣的跡象。

他對事物的想法，已經這樣動搖了。那麼無害、曾被他自己親手拔去獠牙的幸福藝術品，哪怕只是想像，如今已開始被他視為散發無形毒素的、某種禁忌的、危險的東西。即便是華鐸的那種閑雅，宗達對色彩與形態無與倫比的那種禮節，在那些作品中，治英不知不覺也開始嗅到某種毒素。進而在美術品的色彩本身之中發現某種要素，那就像是大自然萃取出的某種毒草藥物，混雜在自然環境之中時還沒什麼毒害，一旦變成藥物就只能用來殺戮。

藝術上的秩序，就是把自然秩序的某一部分誇張化，而且是在自然中與其他東西相剋來保持和諧的某種強烈要素失去均衡後的表現……這種想法，以前絕對不可能出現在治英的腦海。他以前喜歡把卓越的繪畫當成小宇宙來思考，但是現在，那漸漸被他視為宇宙秩序的碎片，宛如隕石，脫離秩序，毋寧是在暗示秩序的崩壞。在那裡，他發現比陶醉更可惡的東西。

之後夏天就這麼來臨，炎熱的酷暑，完全奪走治英的活力。他憑窗眺望被戰火摧殘過的街頭彼方橫亙的積雨雲，眼睛卻已無法再承受那雲層過於強烈的光芒。看到炎熱的天空就會暈眩，面對日光照耀的陡坡，還沒走上去就開始飽受劇烈心跳的折磨。而且治英還害怕車站周遭擠滿黑市販子尖銳的叫賣聲，以及那猥瑣的活力。當他快步經過那前面時，他甚至懷疑，自己的病或許就是無法適應這嶄新粗鄙的時代帶來的產物。某日，他的手腳末端疼痛，出現了小小的紅腫疙瘩。他怕那種疙瘩蔓延，因此盯著患部看了很久，陷入憂鬱的沉思。但疙瘩在兩三天之後就消失了。明明是夏天，治英這時的臉色，卻變得比大理石更蒼白。曬得黝黑的粗野年輕人，往往絲毫不掩輕蔑地回頭注視他那宛如死人般蒼白端麗的側臉。

治英住院，是在八月過了中旬時。那年的夏末特別炎熱。

他得了敗血症，而且是慢性的敗血症。經過血液檢查後發現是草綠色鏈球菌，那種細菌自咽喉進入，附著在罹患瓣膜症的心臟上，引發了敗血症。這個冗長的病名，亞急性細菌性心內膜炎，在盤尼西林發明之前，被視為必死無疑的罕見疾病，一向為人所懼。醫師顯然害怕為時已晚，不過打從他住院那天起，就嘗試進行長達三週的盤尼西林連續注射。

治英被命令靜養，在醫院別館的舊病棟一室鎮日臥床。天氣極熱，放在病房的冰柱轉眼已溶化。

那是從醫院本館沿著漫長的舊走廊才能抵達的外圍地帶。走廊比他昔日的豪宅走廊還長。即便有人穿著草鞋極力躡足走過，快要腐朽的老舊木板，也會毫不客氣地發出活潑的呻吟。病房面向雜草叢生的中庭，庭院有髒兮兮的八角金盤伸展粗大的葉片，隱約可見密生黃毛的樹幹。除此之外，庭院也有兩三棵枝繁葉茂的細瘦雜樹。不過比那些雜樹都茂盛的雜草覆滿泥土，綻放鄙野的小白花，甚至鑽過木板縫隙挺立在走廊的一隅。相較之下，對面那棟建築的歪斜窗下，終日照不到陽光的簷下，長滿一整片不快的青苔。

治英不時會從枕上抬起頭，眺望自己被分到的這個空無一物的庭院。蟬聲從黎明到日暮，在貧瘠的樹蔭裡不停鳴唱。他們無休無止的鳴聲，使得院子本身好像也伴隨雜草的草屑一同鎮日鳴唱。不過早晨有片刻時光出現啁啾鳥鳴，午後會有幾隻鴿子不知從哪飛落覓食。雜草地被條條日光照得鮮明，當正午的日光彷彿壓迫到庭院空間時，如果妻子不在身旁，治英就會突然陷入不安，煩躁地不停猛按呼叫鈴，直到護士小姐趕來為止。

雖說如此，他還是堅信自己終將痊癒。他決心在那既定的結局出現之前，暫時培養人性化的情感。優雅、漠不關心、溫和的心，他堅信那就是自己誠實無偽的心態，所以雖然不時會暴怒發脾氣，但他對妻子，對妻子偶爾抱來的女兒，對護士小姐，一概溫和平靜對待。不時也會開開玩笑，轉動大眼睛，含笑說出無傷大雅的嘲諷。暫時，他是個優秀的病人。不慌不忙，也不覺痛苦，看似以非常平淡的心情度過養病的歲月。

生病只不過是因為細菌作祟。他想像中的疾病，多虧有這個細菌證明，得以視為可笑的空想拋諸腦後。這是與藝術無關的病，也是與做為美術素材的可視性大自然毫不相干的病。

可視性的大自然？現在，那只不過是用粗糙的窗框當作畫框，在他枕上鋪展開來的空蕪庭院。那就是一切。即便沒有注視時，院子的空虛幻影也在腦海活靈活現，因此他為了擺脫那個幻影，起意替那個院子作畫。他的病情甚至不容許他握畫筆，但他忽然萌生遺忘已久的創作欲。他不知在心裡修改了多少次構圖。該排除的一律排除，太對稱的構築物要稍微扭曲形狀，該剩下的空間要好好吟味大小……治英好久沒體會到這種畫家的心情。但他越是構思就越不順利，院子在他的日常生活大搖大擺地霸占座位，堅決不肯將它的存在讓渡給藝術品。他沒遇過這麼粗野的畫材，但在同時，也從未遇過有畫材如此詭異地滲透他的日常，還沒動筆畫畫，就已搶先用自身鮮活的顏料將他的生活鑲了邊。

布滿雜草草屑，什麼也沒有的荒蕪庭院，已經變得無論以任何生花妙筆都難以動搖。那種存在的明確正在蔑視治英，且早已打敗了治英。欲振乏力的心，想起那棟已被賣掉的豪宅三樓美麗的小房間窗戶。那扇只剪下天空一角的窗戶就是畫框，從那窗口望見的晚霞直接成了畫作。他本該只愛蔑視大自然的藝術品，可是現在，回想中的那滿天晚霞，分明「直接成了畫作」，可以直接視為美術品。

……之後治英從走廊遙遠的彼方，聽見每天來打針的回診醫師們，踩著快活步伐發出的地板傾軋聲。

「我的人性化心靈，葬送了我對藝術的愛。」他曾這麼想過。但那並非難以忍受的想法。病情一定會康復。目前，他只不過是暫時封閉洗練的官能，用毫無防備的病弱肉體直接接觸外界，所以才會發生這種情況吧。

……夏天就這樣漸漸遠去。這是有生以來，最難熬的一個夏天。

三週的注射結束時，夜晚已漸增涼意，窗下開始傳來秋蟲鳴唱。治英的身體一天比一天好轉。只要再這樣繼續靜養一兩週，想必一切會恢復如昔。事實上，他的確已不再低燒與盜汗，食欲也增加了，可以毫無胸悶地起床。他屈指計算只等出院的日子。

然而，那只不過是表面上的好轉。某個半夜，無法形容的窒悶感令他醒來，背上已汗濕，醒來的同時，汗水也如退潮般，只留下冷冷的不快就這麼乾了。翌日他整天都感到胸悶，午後的熱度，就低燒而言太高。和注射之前相同的症狀，不，好像比之前更嚴重的症狀又復發了。

醫生歸因於藥量太少，告訴治英要再觀察一週，之後可能會再增加藥量進行第二次的連續注射。治英面無表情地聆聽醫生的宣告。他那俊美白淨的鼻梁，由於長期臥病在床，好像變得比之前更尖更高。

……我的肖像畫其實是從這裡開始。

這略顯瘦削的臉頰，日益尖銳白皙的鼻梁……治英打從聽到醫生宣布要進行第二次連續注射的那天起，便捨棄之前精練到那種地步的個性。那精妙的官能，漠不關心的心態，平和的微笑，居高臨下的幽默，習慣輕哼的癖性，全都被捨棄。

但真正的肖像畫由此開始。唯有現在躺在雪白枕頭上的美麗側臉，宛如古代悲劇演員的面具，成了他的個性唯一剩下的遺物，成了他的個性的祕密巢穴。真正證明他的存在的，已經只有這眼神疲憊、安靜的大理石臉孔。肖像畫家的職責，正是從那裡開始。

翌日早晨，難得睡在休息室的夫人，發現治英早早就已醒來，正在定定仰望天花板。昨天他嫌棄天花板上積滿飛蛾的卵，夫人立刻命人清理乾淨，她心想，治英該不會又發現新的蛾卵吧？

「你已經醒了？」

夫人問。治英沒回答。最後他說：

「剛才，我正在想A，還有S，以及K。」

這些，都是好友的名字。

「A先生四、五天前來探望過。」

「他就是那種傢伙。」

「啊？」

夫人反問。因為她從未聽過治英這種語氣。

「那傢伙是個偽善者。我討厭他。我不稀罕那種人來探望我。」

「可是，他聽說你的病情好轉，還很高興呢。」

「那傢伙一心追求名利，見我被病魔拖累是在幸災樂禍呢。」

「天啊，怎麼可能。」

年輕的夫人，同樣出身顯貴，並不習慣這種思考。但是，經常被人誤認為治英的妹妹，五官同樣白皙俊俏的她，要習慣這種事並未耗費太久時間。因為，治英從此開始不斷說別人的壞話，他憎恨、嫉妒、羨慕、最後甚至詛咒，有時也對妻子冷酷無情。

瀕死的病人會在無意識中預感自己的死亡，為了讓深愛自己的人們比較容易接受訣別，於是故意讓自己變成討厭鬼——這種說法，的確具有某種真實性。不只是因為病痛的折磨與焦躁，病人變本加厲的任性，除了對生命的執著，似乎還潛藏其他動機。

治英突如其來地捨棄他那短暫生涯中優美、淡然的個性，變成非常「人性化」的人。他對人類本身那種優雅的漠不關心如今已消失。一天當中一再重複激烈愛意與激烈憎惡的生活，成了他的新習慣。

在訪客稀少的悄然初秋，病床邊好像突然有人類的幻影聚集。對於昔日同窗，同樣有志於美術評論，戰後很快就建立驚人名聲的A，治英想必流露出明顯的嫉妒。但即便是對感情問題毫無經驗的年輕夫人也看得出來，他在眾多友人中最喜愛A。治英把妻子放在身旁，不停數落A為推銷自己使出的種種策略、利用恩師的巧妙手段、為博取世人喝采不自覺賣弄的種種表演、學問的疏漏、尤其是他在美感方面的平庸。但治英的話語帶有前所未見的熱切，似乎是對人類難以理解的野心，忽然產生了貪婪的探究欲望。治英對「活著」的確變得格外關心。他對別人——哪怕有巧拙之別——克服眾多障礙也要活下去的那種生存技術產生興趣。經濟條件也成了治英玩味的對象。他用異常憎惡的語氣說，至少比起富有者，本就貧窮的人，更有充足的精力出人頭地博取名聲。

另一方面，本來應該與淚水無緣的治英，這段時間只要看到偶爾出現的小女兒，那個還不解世事的獨生女兒，他就會流淚，有時還會使性子叫妻子留下過夜，深夜叫嚷著吵醒妻子，把頭倚在妻子依然像少女一樣單薄的胸口，哭喊著「我不想死！我不想死！」然而，淚水並不適合治英那過於英俊的冷漠五官。

隨著秋意漸深，治英也越來越衰弱。但他的眼睛炯炯有神，不停尋找憎惡與怨嘆的話題，讓妻子描述他已無法再自枕上頻頻觀看的荒蕪中庭現在的樣子，夏天時還那樣吹起濃密草屑的茂盛雜草，如今逐漸泛黃枯萎的情形令他很高興。

他的憎惡，也沒放過明知毫無起色仍不斷嘗試醫療的醫生們。當然基於本身的教養，他並未當面痛罵他們，但往往他們的腳步聲還沒從走廊走遠，他就開始對著妻子抱怨某個醫生的呼吸很臭。受到某種禁忌的干擾，治英並未對治療的巧拙提出意見。只是對醫生們遣詞用字的無禮、乍看之下令他感到不潔的長相、護理長的妄自尊大等等瑣事，雞蛋裡挑骨頭地逐一批評。

對於秋天的月圓月缺，他也感情用事，當他發現月亮很少造訪自己的窗邊後，他就折磨妻子。放在枕畔桌上的淺黃色藥水瓶的位置，在他刁鑽任性的命令下，連一分一厘都不許變動，因為根據他的計算，在滿月的夜晚，月亮將會從床頭照進來，貫穿藥水淡淡的液體顏色，照亮瓶身上以玻璃的微妙凹凸來區分的刻度。但，到了滿月那個晚上，月亮也只是照亮窗子彼方，便在他的視野之外退去。

最後，治英連他曾經如此深愛、曾經讓他感到深受庇護的藝術品都開始憎惡。起初他的病情還有望康復時，在他的病床邊，總有畫冊不斷輪番送來，那取悅了病人的眼睛，撫慰了他的心靈，但最近畫冊全都自枕畔拿開了。

美已經太沉重。美已經——該怎麼說呢，美已如過重的棉被，對病人的胸膛來說太沉重了。

關於他那不算不幸福的過去，他開始左思右想，但他發現到處都有完全的美術品、完全的屏風杵在眼前，妨礙回想的坦誠流露。他人創作的藝術品概括了他的人生。啊，治英深切感到，哪怕自己力所難及，只能在他人創造的色彩與形態當中發現至高至上的東西，但只因那比其他隨處可見的色彩與形態更美，就對其託付自己的人生其實是一種錯誤。他不該事先選擇更好的色彩、更好的形態這種東西，用它網羅自己的人生。更好的東西，永遠必須藏在朦朧的微光中，藏在模糊的未知迷霧中。

事到如今，他不禁埋怨昔日在學校校刊的評議會上，毫無忌憚大肆批評抹殺他作品的那些過度直率的友人。對於當時漠不關心坦然接受批評的自己，如今想來也悔恨莫及。當時他應該更無畏地創作才對。他應該更投入創造的喜悅，這種不明確又粗糙的喜悅才對……。

*

十二月上旬某個寒冷的早晨，我接到治英的死訊。我與通知我的友人相約，尋找尚未造訪過的治英新居。他的新居位於迂迴難辨的小巷深處，泥土小徑已有冰霜融解。

我們找到的房子悄然無聲。乍看之下，是只有兩三個房間的屋子。我推開玄關的小門，眼前立刻出現的是會客室兼起居室。圍著火盆，十幾個臉色陰沉的人排排坐。

穿喪服的年輕夫人帶著我們到次間。她的眼睛哭得紅腫，我們不敢正視她的眼睛。

次間也有許多人沉默地促膝並坐。六帖大的房間中央，躺著治英的遺體。夫人揭開臉上的白布。我為之驚豔。褪去人類膚色的雪白，包覆希臘風格的側臉，鼻梁之端正難以比擬，嘴角的凹陷簡直像雕刻。但遺容浮現一種難以形容的晴朗，令我安心。實際上，不是發自內心顯現的晴朗，是臉孔的端正形態本身散發的晴朗，在死後依然保有。

枕前坐著一個穿著日式大褂的中老年人。此人的臉孔甚至比死者更加死氣沉沉，欠缺晴朗。他很瘦，頭髮全白了，眼睛似乎隨時會閉上般疲累不堪，鼻子無趣地低垂，頑強緊閉的嘴巴不時微微顫動。

我看著他放在日式裙褲上的手。這麼白、這麼清潔又衰弱無力的手，還真是難得一見。不過形狀極為優美，纖細的手指，一根一根自浮現青色靜脈的手背延伸。彷彿只要些許微風便會吹動手指。

年輕的夫人替我們引見那個人。

他是治英的父親，柿川侯爵。

昭和三十二年八月《中央公論》

葡萄麵包

1

傑克從由比濱飯店旁，於八月的晚間十一點半，背對海浪那白花花的咬牙切齒，獨自登上鑿開的寬敞沙地山坡。

他是從東京一路搭便車抵達此地。因此，他不僅嚴重延誤了本來與披塔和海米那拉還有紀伊子相約在江之島電鐵的稻村崎車站會合的時間，還在莫名其妙的地方被卡車司機放下，不過從這邊也有路通往會場。只是得繞個大圈子，路程更遠罷了。

披塔他們早就對傑克絕望，想必已直接去會場了。

傑克現年二十二歲，是透明的結晶體。他一直在想，要讓自己做個透明人。

他擅長英語，目前兼差翻譯科幻小說，有過自殺未遂的經驗，身材瘦削，有一張美麗潔白宛如象牙雕塑的臉孔。不管怎麼毆打，那張臉都不會有反應，所以誰也不打他。

「如果對著那傢伙，咻地衝出去撞上他，好像會不知不覺穿過他的身體，真的。」

來到現代爵士樂店內的某人曾經如此評論傑克。

——鑿穿的山崖從兩側大幅逼近，天空的星子寥寥無幾，隨著越爬越高，背後的浪濤聲，以及收費道路的車聲漸漸遠去，濃密的黑暗成為一切。穿著橡膠拖鞋的裸露腳背有沙子流過。

傑克覺得，黑暗無邊無際。黑暗的大袋口被綁緊，併吞了小袋子。那若有似無的小破洞就是星星，除此之外沒有任何發亮的缺口。

他行走間所浸淫其中的黑暗，似乎漸漸滲透他。獨自一人的足音，感覺離自己異常疏遠。他的存在只不過微微攪動了空氣。那個存在被壓縮到極微小，他甚至用不著開拓黑暗，便可在黑暗的微粒子之間穿梭而行。

他完全不受任何事物羈絆，完全透明，因此傑克身上沒有礙事的肌肉或脂肪，只有一顆跳動的心臟，以及宛如白色糖果的「天使」這個概念⋯⋯。

這些大概都是安眠藥的影響吧。離開公寓前，傑克用一杯啤酒摻了五顆安眠藥吞服。

走到坡頂，茫漠的台地在眼前展開，遠處有二輛汽車，就像被扔棄的舊鞋蹲踞在堅硬的沙地上。

傑克拔腿就跑。跑了喔，我拔腿就跑了——他目瞪口呆地追逐自己。寬闊的道路一路通往台地那頭，但那一帶在右邊形成深邃的山谷，在格外濃密的黑暗所沉澱的谷底，突然間，傑克看見靈動的火燄冉冉升起。就像洪水從堤防的洞口噴出，黑暗好似從那一點發出聲音轟然瓦解。

傑克踩著乾枯的草叢，連跑帶滑地沿著甚至不算道路的沙坡，一股氣朝谷底衝下去，感覺就像滑落糖罐的蒼蠅。

谷底人群的喧鬧逐漸接近，但谷內地形曲折迂迴，剛才看到的巨大火燄又不見了，唯有聲音近在身旁，沒看到人影。腳下的石頭越來越多。石頭，如在夢中，突然高高凸起，妨礙了步行，時而又混著沙子變得平坦。

來到山崖一角時，傑克看到躍上另一頭斜坡的一群巨大黑影，繼而看見篝火。但火勢驟然衰竭，在那一帶的沙石崎嶇地面來來往往的人們，唯有穿梭如織的腳下格外明亮，臉孔依然被黑暗籠罩。

在那當中大笑的紀伊子，光聽那高亢的聲音就知道是她。

「別鬧了。我可是出自家族[1]，八人家族。是當成蝶呀花呀[2]跳蚤呀虱子呀養大的千金小姐喔。」

——這時傑克被黑色的，比夜色更黑的團塊絆住腳，他不禁伸手扶著那個站穩，並連忙道歉。他的手，碰觸到明明在冒汗卻異樣冰冷，肌理異樣細膩，簡直像搓揉黑色黏土堆成的肩膀皮肉。

「Never mind!」

黑人哈利說。他朝膝間夾的康加鼓拍了一下，頓時有沉澱的聲響在周遭山脈連綿不絕地回響。

---

1 「家族」（kazoku）與「貴族」（kizoku）發音近似，此處是自嘲。

2 「蝶呀花呀」本是指非常疼愛孩子（尤其是女兒）的比喻，此處加上跳蚤虱子同樣是自嘲。

2

聚集在現代爵士樂店內的人，打算在今年夏天的尾聲，找個海邊舉辦人們往日很少舉行的派對。在那裡必須在沙上大跳扭扭舞，烤一整頭豬。而且不知為何，還必須進行類似野蠻舞蹈的儀式。大家興奮地分頭尋找地點，最後選了這個無人的山谷。大老遠去府中市買豬的人，由於預算不夠，只扛了半隻豬回來。

誰能夠相信，就在距離那麼惡俗的海水浴場、那麼無聊的鄉巴佬泡水池，如此不遠的地方，居然可以找到這樣的蠻荒之地！不管怎樣，他們夢想著磨破的牛仔褲散發緞子光彩的場所。

場所——那必須被選中，被洗滌，被神聖化。他們向來把霓虹燈、骯髒破裂的電影廣告、汽車排放的廢氣、車頭燈，當作他們的野地星光、田園的芬芳、青苔、家畜、大自然的花朵，因此這次，他們想要的那種沙地是宛如製作技藝精妙的地毯，以及宛如極端人工的裝飾品那種「絕對的星空」。

為了療癒這個世界的愚劣，首先，必須洗滌愚劣。必須把鄉巴佬們視為愚劣的事物拼命加以神聖化。甚至不惜模仿他們的信條，他們商人式的拼命努力。

這些說穿了，就是這場派對的大略主旨。他們共有三、四十人在深夜聚集。換言之是在他們的時刻，他們的勤務時間，他們重要的白天。

傑克知道篝火之所以驟然變小悶燒又猛然熊熊燃起，是因為烤豬滴落的油脂。豬早已被粗鐵絲串起燒烤，不時有人把廉價的紅酒澆在肉上。看不清臉孔，只有手映現在火光中的動作。

黑人哈利還在拍打康加鼓，沙上有幾個人跳著扭扭舞。這是充滿石子的沙地，所以可以牢牢站穩雙腳，只有膝蓋與腰部彎曲扭動，從容不迫地跳舞。

另一頭的崖邊堆積了成箱的啤酒與果汁。空瓶滾落石頭之間，夜晚的光線微微聚集在瓶身上。

照理說，傑克的眼睛應早已習慣黑暗，卻無法分辨那群人的臉孔。篝火低伏爬動的火燄，反而礙事。黑暗中，處處閃現又消失的打火機與火柴的火光，也照射到視野一角，干擾他識別臉孔。

聲音，也同樣對辨識毫無助益。即使大聲歡笑、吵鬧，也會立刻被周遭的夜色壓倒，變成滲入黑夜的聲音。而哈利不停拍打的康加鼓，以及他那幾乎可以完全看清桃紅色口腔的高亢叫聲撕裂了黑暗。

但唯有紀伊子例外。傑克立刻根據那個聲音，抓住她細如燈芯的手臂。

「妳來啦。一個人來的？」

紀伊子說。

「對。」

「大家都在稻村崎車站等你喔。不過，反正大家都很隨性，就先來了。虧你沒有迷路。」

紀伊子在黑暗中噘起嘴唇。可以看見從臉頰到嘴唇一帶的動作，以及倏然一閃的眼白，所以傑克按照平日的方式打招呼，將自己的唇貼上紀伊子的唇，輕輕摩擦，分開。就像親吻竹皮的背面。

「大家在哪裡？」

「海米那拉和披塔都在那邊。高基也在。那傢伙因為他馬子沒來，好像很火大。你最好不要去惹他。」

傑克這個名字被大家喊久也就習慣了，但高基的名字有什麼意思不得而知。是取自豪氣的諧音嗎？

紀伊子牽起傑克的手，穿梭在大跳扭扭舞的人們之間，帶他去找其他坐在崖邊岩石的眾人。

「傑克來了。」

海米那拉慢吞吞好像很睏似地舉手招呼，即便在這黑暗中也戴著墨鏡。

披塔故意點燃打火機，在自己的臉前左右搖晃。沿著眼睛上緣描出藍色眼線，眼線在眼尾銳利向上拉長之處，有銀粉在火光中發亮。

「你那張臉是怎麼回事？」

「披塔說待會要表演。」

紀伊子在一旁說明。

高基半裸，不悅地倚著旁邊的樹幹。但他得知來人是傑克後，就在黑暗中緩緩爬動過來，於草叢之間的沙地盤腿而坐，噴出啤酒的酒氣，

「嗨！」

他說。

傑克不太喜歡高基，但高基這廂卻頻頻示好，有一次還帶女人去傑克的公寓找他玩。

高基平日有健身的習慣，對身材很自豪。他渾身都是令人鬱悶的肌肉，哪怕只是稍微動動手腳，快如閃電的動作都會敏感地牽動一連串肌肉。若「單就世界毫無意義，人類一律愚劣」這點而言，高基應該也與大家有同樣意見，但他徒然增長肌肉，試圖用那肉體屏風阻擋無意義的風，不知不覺沉睡在肌肉本身的性質也就猶如黑暗中的盲目力量。

對傑克而言最困擾的，是高基這種肉體存在的不透明特質。當那個擋在眼前，會遮斷透明世界的展望，他那散發濃重汗臭味的強壯身體，把傑克一直努力試圖保持的透明結晶弄得混濁。他不斷誇示的力量，是多麼煩人。他那甜膩的狐臭，他全身的毛髮，他超乎必要的大嗓門，即便在黑暗中，也像骯髒的內衣一樣明顯存在。

這種厭惡，令傑克的心異樣顛倒，說出不該說的廢話。

「記得我上次自殺時，正好就是這樣的夜晚。那是前年的這個季節，所以今天本來應該是我的忌日，真的。」

海米那拉帶著鄙薄淺笑的聲音，如此說道：

「如果把傑克火葬，八成會咻地一聲，像冰塊一樣溶化。」

總之傑克已經康復了。當初他以為自己如果自殺了，那些貪睡的鄉巴佬的世界想必也會同時毀滅，但他錯了。那時他陷入昏迷被送往醫院，之後恢復清醒四下張望時，鄉巴佬的世界依然生氣蓬勃地包圍他。……若那些傢伙是不治之症，那只能治好自己給他們看。

之後披塔站起來，一邊把傑克帶往篝火那邊，一邊說：

「你認識高基的馬子嗎？」

「不認識。」

「高基說是個強大又美好的女人。不過我看很難說。如果高基沒有被徹底放鴿子，那女人應該會在天亮之前來到這裡。」

「說不定已經來了。這麼暗連臉都看不清。人家是故意要等著用晨光來分辨面孔鬧著玩啦。你別死腦筋了。」

一絲微風令油膩的煙撲面而來，二人不禁撇開臉。

3

傑克四處尋找啤酒。就那麼一點距離，他已被許多石頭、旅行袋、以及柔軟的肉體絆住腳。宛如行李緊緊揉成一團嘴唇相貼的某一對，即便被傑克的橡膠拖鞋輕輕踢開也文風不動。

高基的女人在哪裡？似乎是在那群吵鬧的新面孔當中，又好像躲藏在黑暗的草叢後，煙霧繚繞的雜樹林暗影中，或者山崖斜坡一碰就會崩塌的夜晚沙堆後。但若是「強大又美好」的臉孔，光是有那張臉孔存在，想必便可穿透黑暗，散發微光。想必在這黑暗的山谷，充滿海風的星空，無論何處，美麗的臉孔都會大放光彩地出現。

「好了，儀式要開始囉，開始囉！跳完舞就分配烤豬肉。可以吧？各位。把火再燒旺一點！」

大吼的，是因為安眠藥的作用老是顯得口齒含糊不清的海米那拉。扔到火堆附近的墨鏡，如微型圖畫映出火燄。

康加鼓的聲音停止，是因為哈利在用燭火烘烤康加鼓的皮革。這時谷裡的人們沉默。幾支香菸的火光，在周遭的黑暗中如螢火蟲般呼吸。

傑克終於找到啤酒瓶，他拜託身旁露出白牙的陌生男人，用他那有力的門牙替他咬開瓶栓。白色泡沫從男人的嘴巴流向傑克的胸前，男人再次露出整排白牙驕傲地笑了。

驟然響起的康加鼓聲加快節奏。當披塔只穿著游泳褲奔跑時，篝火的火燄升高，他渾身上下用顏料描繪的圖案與銀粉條然發光。

傑克無法理解披塔的陶醉。他為何跳舞？是因為不滿嗎？是因為幸福嗎？抑或是因為至少總比死亡好？

披塔到底相信什麼？透明的傑克想。他的身體映照篝火正在舞動。披塔上次曾談過像潮濕厚重的棉被一樣每晚壓在他身上的苦惱，那難道是騙人的？孤獨如大海咆哮，跨在充滿璀璨燈火的夜晚都市之上，之後那為何又試圖起舞？

傑克相信在那個地點一切應該都會停止。至少傑克停止了，並且漸漸變得透明。

不過，舞蹈是從人類當中以某種方法取出的不連續記號。披塔把它灑向周遭的黑暗，就像灑出五顏六色的糖果。……不知不覺傑克也用自己的腳打起拍子。

披塔描繪眼影的眼睛眼白部分，在他向後仰身時閃現火燄的光芒。黑暗中宛如一大顆眼淚……之後，腰纏豹皮的男人，一手拿著番刀，一手拎著顫抖的白色活雞出現。那是高基。

高基冒汗的胸前肌肉，在篝火的火光中閃閃發亮。傑克在那裡只看到比四周的夜色更濃密、帶著橘色肉體光輝的黑暗。

「快看！要動手囉，要動手囉！」

四周的年輕人嚷著。高基到底想證明什麼？他粗壯的手臂，把雞按在石頭上。雞拼命掙扎，飄落白色的羽毛，以夢幻般的速度籠罩在火燄的氣流中高高升起。白色的羽毛飛起來了！肉體苦悶掙扎時這種異樣輕盈的情感飛翔，傑克很了解。

所以傑克不用看。砍下去的番刀發出頑強的聲響後，石頭上，聽不見叫聲，也看不到血，只有那隻雞以扭曲的姿勢身首分離。

披塔瘋狂地拎起雞頭，在沙上旋轉。現在傑克可以理解披塔的陶醉了。當披塔再次起立時，那平坦如少年的胸膛，清晰可見一條血跡。

惡作劇之中的死亡，這種鬧劇般的死亡結局，雞頭本身肯定也無法消化。那認真睜大的眼睛，肯定充滿質問。……然而傑克沒看到。玩笑中的神聖化。戴著紅雞冠的雞頭得到的隨性光榮，在傑克一點也不殘酷的冰冷心中，只投下一抹緋紅的倒映。

「但我毫無感覺。什麼也感覺不到。」

披塔拎著白色的雞頭站起，繞著篝火兜圈子跳舞，那個圈子瘋狂地擴大，最後他專挑看熱鬧的女人，把雞頭輪流按到女人的臉上。

尖叫連環響起。女人們的尖叫聲為何總是千篇一律？傑克暗忖。其中有一個格外美妙、清澈、幾乎堪稱悲劇性的叫聲在星空響起，隨即消失。傑克沒聽過那個聲音。於是他認為那個尖叫一定是高基那「強大又美好」的馬子發出的叫聲。

4

——傑克是個很配合大家的人。

所以他待在沙子與草叢上暈暈迷迷直到天亮，被蚊子大軍叮咬，接著的整天與大家去游泳，傍晚才疲憊地回到東京的公寓，就這麼一頭倒下昏睡不醒。

當他醒來時，公寓的四帖半陋室安靜得可怕。為什麼早晨會如此昏暗？他懷疑地看時鐘。原來還是當天的晚間十一點。

他是開著窗子睡的，卻完全沒有微風吹入，剛睡醒的身體如抹布沾滿汗水。他打開電風扇，從書架取出《馬爾多羅之歌》，趴在被窩上閱讀。

他重讀自己最喜歡的，馬爾多羅與鯊魚結婚的那一章。

「……以驚人的速度乘風破浪而來的海中怪物軍隊是什麼？」

原來那是六隻鯊魚。

「……但是，在那裡，在水平線上，那樣掀起浪濤的是什麼？」

那是一隻巨大的雌鯊，是之後將會嫁給馬爾多羅的鯊魚。

放在枕前的鬧鐘，不懼電風扇的咆哮，發出鈍重的聲音刻畫時間。這是傑克生活中的諷刺裝飾品，他從來沒有把它當成鬧鐘使用過。他的意識宛如不分日夜持續流動的一絲涓涓細流，在其中保持水晶般透明的自我，是他每晚的固定習慣，鬧鐘就是不斷將這種習慣喜劇化的好朋友，是屬於他的桑丘・潘薩[3]。那廉價的機械聲，是美好的安慰，令他的一切持續都變得滑稽。

鬧鐘，自己煎的荷包蛋，很久以前就已過期的月票……還有鯊魚，一定要是鯊魚，傑克用力地想。

昨晚那場比無意義更無意義的派對重現心頭。

雞頭，焦黑的豬……但最悲慘的是黎明。大家都在期待美妙的、千年難得一見的壯麗黎明。然而降臨的，是很慘、很慘、簡直慘不忍睹、糟透的黎明。

3 桑丘・潘薩（Sancho Panza）是《唐吉訶德》中唐吉訶德的隨從。

當第一道微光照亮山谷的西側時，他們發現裝飾他們「蠻荒之地」的樹木，只不過是一叢無趣的、垂頭喪氣的、隨處可見的雜樹。那還算是好的。當晨光徐徐滑落西面的斜坡，好似漂白粉的白光充盈山谷時，啤酒、果汁與可樂的空罐殘骸，崩塌悶燒的篝火，滿地亂扔的玉米芯上亂七八糟的啃食痕跡，凌亂散落的皮包，在岩石背後及草叢乃至沙上相擁而眠的人們半張的嘴巴，嘴上稀疏的鬍鬚，嘴唇上剝落的口紅，散亂的報紙，（啊，在深夜的街道上看起來如此詩意的報紙，在這裡卻顯得多麼淒慘）……這些東西，一一被晨光照亮。那是鄉巴佬們在郊外野餐的殺戮現場。

也有人趁夜溜走，黎明時並未看到高基。

「高基不在。女人終究沒有來，所以他大概逃走了吧。那傢伙其實很在乎面子。」

披塔說。

「曾幾何時，該稱為不祥之日吧，我在美與純潔的包圍中成長了。人們眾口一詞讚嘆神聖少年的知性與善良。望著那靈魂占據王座的聖潔面容，自慚形穢面紅耳赤的良心絕對不少。此外，也無人不是帶著敬意接近他。因為，在他的雙眼之中可以看見天使的眼神。」

傑克對天使的概念，或許就是被馬爾多羅這樣的詩句所養成的。滴滴答答，滴滴答答，枕畔的鬧鐘無法回應似地，發出通俗的笑聲。燒烤整隻天使的概念模糊出現。他是餓了吧？

遇難的船沉入海底，滿載全世界的財富與愛以及各種意義就此沉沒的船，他們應該會在哪個海裡發現。在遠方天空傾斜的玻璃秤。走過沙灘的三隻狗溫和的吐息……傑克直到自殺的前一秒，還自以為自己就像甩動掌中的骰子般甩動地球。骰子有什麼理由一定得是圓的？不斷擲出各種點數，決定一再浮動，賭博是永久無法成就的一顆渾圓骰子……。

傑克餓了。那就是所有的原因。他站起來打開櫃子。他沒有冰箱。

沒有任何食物。

「游泳的男人，與被他所救的雌鯊，彼此面對面。他們四目相對凝望了幾分鐘……」

傑克忽然感到餓得快要死去。他晃動一下煎餅罐子，只聽見罐底微微發出碎粉聲。酸橙已在櫃子深處長滿青黴凹陷腐敗。這時他看到櫃子的邊緣有小小的紅螞蟻列隊前進。他逐一捻死螞蟻，一邊吞嚥舌根積蓄的口水，終於在櫃子深處找到買來放著就忘記的半斤葡萄麵包。

幾隻螞蟻正在麵包的葡萄乾之間嚙食。傑克胡亂伸手拂開螞蟻，再次趴在被窩上，在檯燈的燈光下，仔細檢查麵包的外表。於是又從葡萄麵包拈出二隻螞蟻。一口咬下，嘗到既苦又酸的味道。他已顧不得在乎味道，為了保住漫漫長夜的糧食，他從邊端開始一點一點啃食。麵包的內裡，擁有不可思議的柔軟。

「二人為了不錯失彼此，不停在水中泅泳轉圈，同時心裡偷偷想的是，

『過去的我錯了。原來還有比我更邪惡的東西在這裡。』

這下子，二人的思考完全一致，雌鯊用魚鰭撥水，馬爾多羅用手臂划水，同時彼此都抱著讚嘆之念在水中接近……」

……………。

——傑克聽見敲門聲。

走廊從剛才就有凌亂的腳步聲，以及身體撞牆的聲音，不過這間公寓經常有人晚歸，所以他毫不在意。

傑克啃著葡萄麵包，起身去開門。一對男女頓時如屏風傾倒般倒進室內。房間劇烈搖晃，檯燈倒下。

傑克反手關門，俯視並不值得驚愕的深夜訪客。男人是高基，他從身上掀起的夏威夷衫，露出強壯的背肌。

「起碼把鞋子脫掉好嗎？」

傑克說。於是男女二人互相朝對方伸手，粗魯地替對方脫鞋，把鞋子朝房門扔去，聳動著身體大笑。狹小的室內頓時充斥二人呼出的酒氣。

傑克打量女人閉眼含笑的蒼白臉孔。以前沒見過這女人，但她異常美麗。

即便閉著眼也知道正被人注視的臉孔，在酩酊大醉中依然高貴聖潔，美麗的小鼻子粗聲吸氣的同時，安靜看似陶器。頭髮半掩額頭，形成美麗的波浪。閉著的雙眼微微鼓起，藏著眼球的敏感動作，深深閉鎖修長整齊的睫毛。唇形異樣精緻，唇角的凹陷，彷彿剛剛雕刻而成，看起來清新可人。不過，臉孔整體卻又散發出一種唯有二十四、五歲女人才有的成熟威嚴。

「強大而美好」的女人就是這個吧？傑克啃著葡萄麵包一邊暗想。高基為了挽回失去的顏面，肯定是整天到處尋找這個女人，然後才把她帶來這裡。

「沒有被子喔。坐墊倒是有兩三枚。」

高基沒回話，只是用眼尾朝他一笑。顯然此人今晚已下定決心不開口。

傑克用腳弄來三枚坐墊，踢到高基的背部後，回到自己的被窩，再次趴下，一邊吃葡萄麵包一邊繼續看書。

女人抗拒的聲音越來越高，傑克只好放下書本，單手支肘朝那邊望去。

高基已經全身脫光，閃爍汗光的肌肉微微蠕動。女人雖然只剩胸罩與內褲，依舊裝出囈語般的聲音抗拒。女人的身體是一坨梔子色的光滑肉堆。

之後女人安靜下來，於是傑克又背過身，繼續啃葡萄麵包看書。

傑克的背後並沒有傳來該有的聲音與喘息。那段時間很漫長，令他再也受不了。他再次扭頭一看，女人已全身赤裸。二人糾纏在一起，發出彷彿火車延誤發車正在喃喃低語的呼氣聲。高基強壯的背部，流下大量汗水落到榻榻米上。

最後高基把臉轉向傑克。他的臉上掛著喪失力氣、曖昧如霧的笑意。

「怎麼試都不行。傑克，幫個忙好嗎？」

傑克啃著葡萄麵包站起來。

這時，傑克看到滿身肌肉的友人半已無力的標誌。他像懶散的裁判，慢吞吞繞過二人的枕上。

「要我怎麼幫？」

「用力拽腿。這樣應該管用。」

傑克就像要撿拾被輾斃的屍體殘骸，把女人一隻腳的腳踝抓起抬高。在那白淨光滑的大腿腿根，傑克倏然瞄到宛如遠方小屋燈火的東西。女人的腳並沒有流什麼汗，但手會滑，於是他改用右手抓。這時傑克一直站著，背對二人，等於和只掛著啤酒公司月曆的牆壁面對面。

他左手吃著葡萄麵包，一邊無聊地看著牆上的月曆。

八月五日　星期天

六日　星期一

七日　星期二　土用丑日[4]

八日　星期三　立秋

九日　星期四

十日　星期五

十一日　星期六

十二日　星期天

十三日　星期一

十四日　星期二

十五日　星期三　終戦紀念日

十六日　星期四

十七日　星期五

十八日　星期六

似乎氣勢大盛的高基，他的呼吸與女人的呼吸緊迫糾纏，傑克用右手拎著的那隻腳，隨之不停微微晃動，逐漸增加重量，但是始終沒有逃出傑克的挾制。他的葡萄麵包，依然又酸又苦，越吃越黏在嘴裡。之後傑克漸漸無法相信自己右手拎著的是女人的腿，因此他再次在檯燈的遠光下檢視。女人腳趾甲的紅色趾甲油有點剝落，小趾頭的趾甲幾乎有一半藏在肉裡，形狀尤其半吊子。傑克的中指觸摸到高跟鞋磨出的繭。

之後才剛察覺高基站起來的動靜，高基已拍拍傑克的肩膀，

「行了。」

高基說。傑克隨即把那條腿扔回榻榻米上。

高基立刻穿上長褲，一手拿著夏威夷衫朝門口走去，

4 土用是立春、立夏、立秋、立冬前的十八日，在這期間碰上十二干支的「丑」的日子稱為土用丑日，通常是指夏天的土用丑日，日本人會在這天吃鰻魚。

「那，謝了。我走了。剩下的拜託你收拾。」

傑克聽見關門的聲音。他俯視橫陳在地的女人，把最後一塊葡萄麵包丟進嘴裡，繼續長久乾澀的咀嚼。他用腳尖輕觸女人的大腿內側，女人裝死，動也不動。傑克在女人張開的雙腿之間盤腿坐下。就像破裂的水管，所到之處，以驚人的聲勢噴濺出無意義。他受託收拾善後。那傢伙總是做出自大滑稽的委託……他把臉湊近。誇張的行事規矩。就算再怎麼裝死，女人的肚子還是在起伏呼吸，他的鬧鐘，發出異常粗鄙的聲音刻畫時間。

「手臂與魚鰭，愛戀地交纏，在愛人的肉體周圍組合，另一方面，他們的喉頭與胸口轉眼已化為散發海藻臭氣的青綠色團塊……」

（文中摘錄的《馬爾多羅之歌》出自栗田勇氏的翻譯）

昭和三十八年一月《世界》

雨中噴泉

少年就像拖著沉重的沙袋一樣拖著這個哭哭啼啼的少女，在雨中走得精疲力盡。

他剛剛在丸大樓的咖啡店談完分手。

這是人生之中第一次談分手！

他老早之前就夢想這樣的事，如今總算實現了。

就只為這個目的，少年愛上少女，或者假裝愛上她，就只為這個目的拼命追求她，就只為這個目的所以不顧一切抓住同床共枕的機會，就只為這個目的而同床共枕……好了，如今一切準備就緒，終於可以像打從很久以前就一直希望的那樣，秉持充分的資格，從自己的口中，像發布國王的命令那樣發音，說出「分手吧」這句話。

僅僅只是說出那一句話，想必便可憑自己的力量令藍天都為之破裂。雖然半是絕望地認為現實生活不可能發生那種事，卻還是一直熱烈維繫著「會有那麼一天」這個夢想的字眼。宛如拉弓射出的箭矢筆直對準靶心飛翔天際，那是舉世最英雄、最光輝的字眼。唯有凡人中的凡人，男人中的男人，才有資格說出的祕符似的字眼。換言之，那就是：

「分手吧！」

即便如此，明男還是像咽喉卡痰的氣喘病人一樣，伴隨咽喉咕嚕咕嚕的聲音，（枉費之前還用吸管喝了汽水濕潤咽喉），說得異常含糊不清，這點一直令他很遺憾。

那時，明男最怕的就是對方聽不清那句話。如果對方反問，還得再重述一次的話，他寧願去死。那感覺就像，多年來一直堅信會生金蛋的鵝有一天終於生下金蛋，但那顆金蛋卻在對方看見之前就破碎了，怎麼可能馬上再生出一顆同樣的金蛋？

不過幸好對方聽見了。對方聽得清清楚楚，沒有反問。只能說這是天大的幸運。明男終於靠自己的雙腳，征服了長久以來遠眺的山頂關卡。

在電光火石之間，得到了聽見那句話的確證。猶如口香糖從自動販賣機跳出。周遭客人說話的聲音、盤子的聲音、收銀機的鈴聲等等聲音，由於下雨關緊窗戶，使得那些聲音互相碰撞，悶在室內，與窗戶內側氤氳凝結的水滴產生微妙的回響，化為令人頭昏腦脹的噪音。透過那個噪音，明男含糊的話語，才剛傳入雅子的耳中，她那瘦削不起眼的臉龐上，那雙簡直像要推擠周遭、推擠到破裂般睜大的大眼睛，頓時變得更大。那已經不是眼睛，毋寧是一個破綻，無法收拾的破綻。從那裡一下子噴出眼淚。

雅子的啜泣並沒有前兆。也沒有發出哭聲。只是以驚人的水壓，面無表情地噴淚。

明男當然掉以輕心地以為，那種水壓，那種水量，肯定會立刻停止。冷眼旁觀的自己，心裡那宛如薄荷的冰涼令他心醉神迷。那正是他計畫、打造、帶入現實中的東西，雖然略嫌機械性，好歹算是漂亮的成果。

之前就是為了想看這個才抱雅子。少年再次這麼告訴自己。我永遠不受欲望束縛……。

現在這個女人哭泣的臉孔就是現實！這才是如假包換、被明男「拋棄的女人」。

——不過話說回來，雅子實在哭了太久，湧出的淚水絲毫不見頹勢，少年開始擔心周遭的眼光了。

雅子穿著淺色風衣，端坐在椅子上。風衣的領口露出紅色蘇格蘭襯衫的領子。只見她雙手撐著桌子邊緣，兩手異常用力，看起來好像保持那個姿勢僵住了。

她保持凝視正面的姿勢，任由淚水不停落下。也不肯拿出手帕擦拭。她那纖細的咽喉呼吸急促，規律地發出宛如新鞋吱呀叫的聲音。硬是要保持學生風格不肯塗抹口紅的雙唇，看似不平地噘起顫動。

成年顧客興味盎然地看著他們。明男好不容易才覺得加入成年人的行列，現在擾亂這種心境的，就是這種眼光。

雅子的眼淚如此豐富，真的令人萬分錯愕。無論哪一個瞬間，都無法稀釋同樣的水壓、同樣的水量。明男很疲倦，他垂下眼，看著自己豎立在椅子旁的雨傘末端。古典風格的馬賽克地板上，雨傘末端滴下深色雨水形成小水窪。明男覺得，那彷彿也是雅子的淚水。

他突然抓起帳單起身。

六月的雨，已連續下了三天。明男走出丸大樓，撐開雨傘後，少女默默跟來了。雅子沒帶傘，明男只能讓她躲進自己的傘下。這時，他發現成年人那種冷漠無情只在意世人眼光的習慣，並且感到自己現在似乎也養成了那個習慣。提出分手後，就連共用一支傘，都只是為了顧慮世人的眼光。他算計得很清楚。……不管是多麼幽微的形式，冷靜計算顯然符合明男的性子。

沿著寬闊的步道朝皇居的方向走去的路上，少年在想的只有一件事：該在何處丟下這個愛哭包？

「雨天也會有噴泉嗎？」

他不由得這麼思考。自己為何會想起噴泉呢？又走了兩三步後，他發覺自己在想的物理性玩笑。

狹小的傘下，當他忍受著冷漠無情地碰觸到少女潮濕的風衣時，那種類似爬蟲類的觸感，明男的心，強作快活地跟隨一個玩笑想下去。

「對了。雨中噴泉。就用那個與雅子的眼淚對抗吧。就算是雅子，想必也不是那個噴泉的對手。首先，那是循環式水流，就算雅子流出的眼淚全都灑掉也自然比不過。不管再怎麼說，也絕對贏不了循環式噴泉。這下子她肯定會死心地不再哭泣。這個包袱應該可以解決。唯一的問題，就是雨中是否仍一如往常有噴泉。」

明男默默步行。雅子繼續哭泣，躲在同一支傘下堅持跟隨。所以要甩掉雅子很困難，但要把她帶去自己想去的地方倒是很簡單。

明男感到雨水與淚水浸濕全身。雅子穿著白長靴所以還好，但明男穿的是休閒帆布鞋，襪子感覺就像是濕答答的海帶芽。

距離下班還有一段時間，所以此時的步道閒散冷清。二人越過斑馬線，朝和田倉橋走去。站在擁有古典木欄與橋柱鑲嵌金屬圓珠的橋頭，左邊可見漂浮在雨中護城河面的天鵝，右邊隔著護城河，透過被雨水弄得朦朧的玻璃，可以隱約看見P飯店餐廳的成排白色桌布與紅色椅子。他們過橋，穿過高聳的石牆之間左轉後，來到噴水公園。

雅子依然不發一語，只是不停哭泣。

一走進公園就有巨大的西式涼亭，掛著草簾的屋頂下方放著長椅，多少可以遮點雨，於是明男撐著傘就這麼坐下，雅子哭哭啼啼地斜坐，只對著她的鼻尖露出白色風衣的肩膀與濕濕的頭髮。在她的頭髮上，雨滴被芳香的髮油彈開，似乎也噴灑出白色微細的水滴。哭泣的雅子，好像就這麼睜著眼陷入某種昏迷，因此明男忽然很想拽她的頭髮，讓她恢復清醒。

雅子一直在默默哭泣。正因為明男知道她是在等待明男主動對她說話，因此他反而更惱火，什麼也說不出口。仔細想想，自從他說出那句話後，他也同樣沒有講過任何話。

遠處的噴泉頻頻噴起水花，但雅子卻瞧也不瞧。

從這裡可以看到三座噴泉大大小小呈縱向重疊，水聲被雨聲蓋過因此聽來遙遠模糊，但分向四面八方的水線，由於細微的飛沫從遠處看不清楚，反而像是玻璃管的曲線看起來清楚明瞭。

放眼望去不見人影。噴泉前方的綠色草皮，以及吊鐘花的樹籬，淋了雨水更顯青翠。

但在公園對面那頭，卡車濕淋淋的車篷，以及巴士或紅或白或黃的車頂不斷移動駛去，連十字路口的紅燈都清晰可見，可一旦轉為下方的綠燈，就正好與噴泉的水霧重疊再也看不見了。

少年坐著，始終緘默，滿懷難以言喻的怒氣。剛才心中獨自想著的愉快玩笑也消失了。

他不清楚自己是對著什麼生氣。剛才明明嘗到天馬行空的滋味，現在卻在感嘆不知是從何而來的不如意。無法擺平哭哭啼啼的雅子，並非他所有的不如意。

「這種玩意，只要我想，直接推進噴水池，然後拔腿就跑，立刻就解決了。」

少年依然昂揚思忖。但他對包圍自己的這些雨水，這些眼淚，這宛如高牆的陰雨天空，感到絕對的不如意。它們十幾二十層地重重壓向他，把他的自由變得像塊濕抹布。

憤怒的少年，忽然變得滿心惡意。非得讓雅子淋成落湯雞，讓雅子的眼睛充滿噴泉的景像他才能甘心。

他猛然站起，不顧一切地衝出去，一路跑到比噴泉周圍步道高出數段的外圍碎石路，來到可以從側面眺望三座噴泉的位置才止步。

少女在雨中飛奔而來，直到她差點撞上駐足的少年身體才停下腳步，牢牢握住他撐著的雨傘傘柄。少女被淚水與雨水濡濕的臉頰，看似雪白。她氣喘吁吁地說：

「你要去哪裡？」

明男本來不該回話，但他彷彿一直在等女方說出這種話似地，當下滔滔不絕。

「我在看噴泉。妳看。就算眼淚再多，也比不上這玩意。」

於是二人歪著傘，彼此抱著不再被對方注視的安心，一逕眺望那三座中央特別巨大，左右如隨從般較小的噴泉。

噴泉與那個水池一直很熱鬧，因此落在水裡的雨腳幾乎無法分辨。站在這裡不時入耳的聲音，反而只有遠處汽車不規律的噪音，四周的噴泉水聲被緻密地徹底織入空氣中，所以如果豎起耳朵仔細聽自然另當別論，否則基本上等於被封閉在完全的沉默中。

水先落在巨大的黑色大理石盤上，濺起細小的點點水花，那些水，沿著黑色的邊緣，形成飛白圖案不停落下。

繼而在六支畫出曲線呈放射狀射向遠處的水柱的拱衛下，盤子中央聳起巨大的噴水柱。

定睛一看，噴水柱並非每次達到一定的高度才會結束。由於幾乎完全無風，水柱沒有散亂，得以朝著灰色的陰雨天空垂直地高高向上噴起，水柱到達的頂點，不見得每次都是同樣的高度。有時候高得出乎意料，噴出破碎的水花，最後水滴才在那裡散開，落下。

靠近頂端的水，透過雨空蘊含影子，呈現摻雜白色鉛粉的鼠灰色，與其稱為水更像是粉屑，令周遭纏繞著濛濛的水粉煙霧。而噴水柱的周圍，宛如大片白雪的飛沫大量噴濺，看起來也像是夾帶雨絲的雪花。

然而，比起三支巨大的噴水柱，周遭那畫出曲線呈放射狀噴出的水更吸引明男。

尤其是中央大噴泉的水柱，朝四面八方揮灑出白色的鬃毛，高高跳過黑色大理石的邊緣，前仆後繼地朝著池子的水面毅然投身。看著水花向四方不停疾奔，整顆心好像也會被拉往那邊。現在在這裡的心，不知不覺被水魅惑，乘著那疾奔，被拋向彼方。

再看噴水柱也一樣。

乍看之下，巨大的噴水柱，宛如水做成的雕塑品，好似正規矩立正，保持靜止。但是凝神細看之下，在那個柱子中，可以看到不斷從下往上快速升起的透明精靈。那是由下往上，以驚人的速度不停充滿棒狀的空間，每一瞬間，都在遞補上一刻缺少的東西，永遠保持同樣的充實。雖然知道它最後會在天上的某個高度受挫，但支撐這不斷受挫的力量源源不絕，很是精彩。

本來是為了讓少女看噴水才帶她來，結果反而是少年看得更入迷，他真的覺得很精彩，這時他的眼睛瞥向更高處，迎向滿天雨絲灑落的天空。

雨滴落在他的睫毛上。

被密雲封閉的天空離頭上很近，雨水豐沛、密無間隙地下個不停。放眼所及，到處都是雨。落在他臉上的雨，落在遠處紅磚樓房與飯店屋頂的雨，正確說來是同樣的，他那鬍渣還很稀疏的光滑臉蛋，某間樓房空無一人的屋頂上龜裂的水泥地，也都只不過是曝露在同樣的雨中毫無抵抗的表面。單就雨水而言，他的臉頰與骯髒的水泥地是一樣的。

明男的腦中，近在眼前的噴泉影像被抹去。雨中的噴泉，好像只是一再重複某種無聊的徒勞。

就在這樣的過程中，之前的玩笑與後來的憤怒都已拋諸腦後，少年感到自己的心急速變得空蕩蕩。

那空蕩蕩的心只是不停下著雨。

少年茫然邁步。

「你要去哪裡？」

這次少女緊抓著傘柄，移動穿白靴的腳步，如此問道。

「要去哪裡是我的自由。剛才，我不是已經講清楚了嗎？」

「講什麼？」

少年毛骨悚然地望著如此詢問的少女，但那張濕淋淋的面孔上，雨水沖走了淚痕，即便紅腫泛著水光的雙眼還留有淚意，聲音已不再戰慄。

「妳還問我？剛才，我不是已經講清楚了嗎？我說，我們分手吧！」

這時，少年看到少女在雨中晃動的側臉後方，草地上到處都有彷彿拘泥於某種事物的小小洋紅色杜鵑花綻放。

「噢？你這麼說過？我沒聽見。」

少女以普通的聲調說。

少年差點在衝擊之下昏倒，他勉強走了兩三步後，終於想出該怎麼抗辯，他結結巴巴說：

「可是……那妳剛才哭什麼？這不是太奇怪了嗎？」

少女好一陣子沒回答。她那濡濕的小手，依然緊握住傘柄。

「我就是忍不住掉眼淚嘛。沒有任何理由。」

少年憤怒之下，很想放聲吶喊，但他的聲音頓時化為震天響徹的噴嚏，他覺得這樣下去恐怕會感冒。

昭和三十八年八月《新潮》

解說　三島由紀夫

自作自注是一種相當無聊的作業，但促使自己做這種事的唯一熱情，嚴格說來，不是為了讀者，倒是為了自己。換言之，與其透過第三者之手做出荒誕的臆測，我寧願親手處理早年的舊作，如此而已。

〈香菸〉（一九四六年）是我在戰後撰寫的短篇小說中最早的一篇。在戰爭剛結束後那空前混亂的時代中，書寫如此悠長的靜態小說，與其說是出於反時代的熱情，毋寧只是為了重新確認自己過去擁有的表現手法。坦白說，當時我的文筆與思想，都還沒有成熟到足以直接分析、刻畫戰後的那個時代。

換個話題，重讀舊作讓我最驚訝的，是我對少年時代與幼年時代的回憶、那種追憶的真實感、許多小故事的記憶等等，至少直到快三十歲時仍完整保存。失去那一切，一方面是年齡增長，另一方面想必是社會生活的繁忙所致。若要玩弄過去那些纖細的感覺式記憶，需要肉體上的不健康，（不妨看看普魯斯特[1]！）健康的身體想必不適合那種記憶。我失去幼少時代那種柔軟甜美回憶的時期，正與我的肉體漸趨完全健康的時期一致。而且，〈香菸〉一文中，香菸的氣味與橄欖球隊休息室「憂鬱的」氣息，對體弱多病的少年而言固然帶來新鮮感，但是若在那種氣息中浸淫十幾年，恐怕也會變成普通的日常感覺。

後來川端康成氏看到這則短篇小說的稿子，介紹給《人間》雜誌，是我成為文人的起點，但川端氏當時究竟看中我哪一點，如今已無從揣測。這篇〈香菸〉之中是否已有一個確定的小說家存在，如今的我無法明確肯定。若要尋找這篇小說的近親，想必應是堀辰雄的〈燃燒的臉頰〉。

〈春子〉（一九四七年）同樣發表於《人間》，但這篇遠遠更像小說。想來堪稱如今極為流行的女同性戀小說的戰後先驅。當時受邀替《人間》的別冊小說特集撰稿的我，卯足勁寫了一百多頁稿紙，送去木村德三總編輯那裡後，堪稱小說絕妙精讀者的木村氏，指出某些冗長之處，我當場依他所言刪改文章，最後剩下八十頁。和原本的稿子比起來，那種精簡連我自己都驚愕，對當時的我而言，木村氏是宛若天神的技術指導者。

〈春子〉一文，幾乎毫無觀念上的操作，是貫徹官能主義的作品。此舉本身在

1 馬塞爾・普魯斯特（Marcel Proust，1871-1922），法國意識流作家。代表作為《追憶逝水年華》。

當時就離經叛道，也因此招來欠缺敬意的對待。我想藉由〈春子〉達成的，是以健全的寫實主義處理文學上的頹唐趣味，直到今天，這大體上仍是我小說創作的基本。

〈馬戲團〉（一九四八年）是替《進路》這本小雜誌寫的小說。當時我大學畢業正要進入大藏省工作。彼時，滿載高級評論、艱深小說的新雜誌多如星辰。但那些雜誌並非都有銷路，它們一一地倒掉，又不斷出現新的名稱，但高度觀念主義支配了所有雜誌，因此在創作方面，完全不受任何商業制約。所謂的中間小說[2]發生是更晚期的事。站在作家的立場看來，等於所到之處皆有純文學的習作本，完全不必考慮對商業主義妥協。〈馬戲團〉就是在這樣的夾縫中出現的任性小品。

但舊傳媒逐漸復活，文藝春秋新社也透過《文學界》及《別冊文藝春秋》，展現要統合技巧已鞏固的新人作家之勢，另一方面，戰後粗暴的觀念主義媒體已漸趨衰亡。

〈翼〉（一九五一年）與〈離宮之松〉（一九五一年）、〈猜字謎〉（一九五二年），是致力完成短篇小說表現手法的我，在這些正好適合的舞台發表的作品群。

〈翼〉雖然還有個副標題〈哥提耶風格的故事〉，但我其實是一邊模寫與哥提耶那種寫實主義明顯割袍斷義的短篇小說，一邊以寓言的方式描述不得不在戰時與戰後苟活的青年悲痛的體驗。我自認毋寧是透過這種短篇做出可悲的告白，但當時無人察覺我這個告白。這大概是我擺出「誰要告什麼白啊」的嘴臉當賣點的懲罰。〈離宮之松〉與〈猜字謎〉和前者不同，是我把我所認為的短篇小說風味，嘗試以數理方式醞釀出來的技術性實驗。比起情趣，向來總是方法論更能夠吸引我。

〈盛夏之死〉（一九五二年）在這本作品選集中篇幅最長，是多達百頁的中篇小說，也是我第一次世界旅行歸來後，慢慢暖身熱筆寫成的作品。我聽人說起在伊豆今井海濱真實發生的事件，據此寫成小說，不過焦點當然在最後一行。

就方法論而言，就像是把這一點當成頂點的圓錐體刻意倒立，思考普通小說的逆向構成。換言之是把通常的結局放在開頭，而且那個結局毫無必然性。暗示那種必然性宿命的是最後一行，這若是希臘劇，應該從最後一行開始，把開頭的悲劇當

2 中間小說是二十世紀後半的日本小說分類中，介於純文學與通俗小說之間的作品。

成結局。我就是故意這樣反向操作。

換言之，若是正常的小說應該出現在結局的悲劇，被我在一開始就以極限的形式展現，倖存的女主角朝子，因這毫無天理的悲劇受到多大的衝擊，而且在時間的撫平下是如何漸漸從那種衝擊痊癒，從那痊癒後的可怕空虛如何再次要求宿命的到來，成了這篇小說的主題。某種殘酷可怕的宿命，耗費長久的時間，終於成功地消融在日常生活的瑣碎網眼時，人類將會再次渴求宿命。這個過程，如何盡量不讓讀者感到無趣地描寫出來，正是展現手腕高低之處。如果小說一開始就用了最刺激的場面，之後，讀者恐怕再也受不了刺激。

〈煙火〉（一九五三年）運用極為簡單的恐怖小說的技巧，故意採用「毫無血緣關係卻容貌酷似」這個近代小說家極力避免的陳腐巧合，在這種設定下，我試圖描繪出絢爛煙火的背後，當權者蒼白的臉孔這個瞬間的政治性速寫。

〈顯貴〉（一九五七年）一反前例，有明確的模特兒，正如文中明示的，是將我少年時代回憶中的某個人物盡可能抽象化，試圖忠實模仿沃爾特·佩特的幻想式肖像（imaginary portrait）技法來描寫的短篇小說。我盡量以佩特的風格致力表現冷漠高雅、冷若冰霜的官能性，我希望那種手法，能夠將主角的貴族性格主動化為作品本身的性格。

這篇〈顯貴〉與另一則短篇〈女方〉（收錄於《憂國》）是成對的作品，接下來的〈葡萄麵包〉（一九六三年）和另一則短篇〈月〉（收錄於《憂國》）也是一對。

當時東京剛開始流行扭扭舞，開了很多beat bar。我常去其中一間店，聆聽在那店內結識的少年少女交談，熟悉了他們特殊的語法，也學會各種隱語……逐漸地，我接觸到他們生活根底的憂愁，於是寫出了這二則短篇小說。在這二篇之後，我再也沒寫過他們的故事。想必，他們的生活，只適合短篇小說的題材。流行退燒，他們也年華老去，被新得一蹋糊塗的另一個世代取代後，他們，以及他們的青春，某段時期的新宿地區，乃至我這個作者自己，皆已掩埋在過往歲月。深夜的流行。正因淺薄更顯可悲的流行……至今我仍會不勝緬懷地想起那些曾經毫無隔閡與我交往的每一個人。

〈葡萄麵包〉的鎌倉山谷派對，也是實際舉行過的派對速寫。

〈雨中噴泉〉（一九六三年）的少年少女，和前者不同，是極為普通的少年少女。我對這種看似可愛的短劇（conte）頗有偏好，那種可愛需要摻雜殘酷與惡俗與詩意，而我向來對這類作品的理想範本，就是利爾・亞當[3]那本惡意的《維珍妮與保羅》。

一九七〇年六月

3 利爾・亞當（Auguste Villiers de l'Isle-Adam，1838-1889），法國象徵主義作家、詩人、劇作家。

盛夏之死

失序美學的極致書寫，三島由紀夫短篇小說自選集

真夏の死——自選短編集

作　　者　三島由紀夫
譯　　者　劉子倩
主　　編　郭峰吾（三版）、林玟萱（初版）

總 編 輯　李映慧
執 行 長　陳旭華（steve@bookrep.com.tw）

出　　版　大牌出版／遠足文化事業股份有限公司
發　　行　遠足文化事業股份有限公司（讀書共和國出版集團）
地　　址　23141 新北市新店區民權路 108-2 號 9 樓
電　　話　+886- 2- 2218 1417
郵撥帳號　19504465 遠足文化事業股份有限公司

封面設計　許晉維
印　　製　成陽印刷股份有限公司
法律顧問　華洋法律事務所蘇文生律師

定　　價　400 元
初　　版　2016 年 7 月
三　　版　2023 年 8 月

電子書 EISBN
978-626-7305-87-4（EPUB）
978-626-7305-86-7（PDF）

國家圖書館出版品預行編目（CIP）資料

盛夏之死：失序美學的極致書寫，三島由紀夫短篇小說自選集 / 三島由紀夫 著 ; 劉子倩 譯. –三版. -- 新北市: 大牌出版, 遠足文化發行, 2023.8
336面 ; 14.8×21公分
譯自：真夏の死—自選短編集
ISBN 978-626-7305-88-1（平裝）

861.57　　112013108